名著伴你成长系列丛书
太有趣了，名著！

# 图说中国民间故事

《太有趣了，名著！》编写组 ◎ 编

微信扫码

读懂经典文学名著，
爱读会写学知识
★ 听故事学知识
★ 跟名师精读名著
★ 名著读写方法指导

SPM
南方出版传媒
广东经济出版社
·广州·

图书在版编目（CIP）数据

太有趣了，名著！图说中国民间故事 /《太有趣了，名著！》编写组编. —广州：广东经济出版社，2021.4
（名著伴你成长系列丛书）
ISBN 978-7-5454-7422-0

Ⅰ.①太… Ⅱ.①太… Ⅲ.①民间故事—作品集—中国 Ⅳ.① I277.3

中国版本图书馆 CIP 数据核字（2020）第 222203 号

策　　划：李　鹏
责任编辑：周伊凌　孙　媛　魏　维
责任技编：陆俊帆
封面设计：读家文化

太有趣了，名著！图说中国民间故事
TAI YOUQU LE，MINGZHU！TUSHUO ZHONGGUO MINJIAN GUSHI

| 出版人 | 李　鹏 |
|---|---|
| 出版发行 | 广东经济出版社（广州市环市东路水荫路 11 号 11~12 楼） |
| 经　销 | 全国新华书店 |
| 印　刷 | 广东鹏腾宇文化创新有限公司 |
| | （珠海市高新区唐家湾镇科技九路 88 号 10 栋） |
| 开　本 | 889 毫米 ×1194 毫米　1/32 |
| 印　张 | 6.25 |
| 字　数 | 155 千字 |
| 版　次 | 2021 年 4 月第 1 版 |
| 印　次 | 2021 年 4 月第 1 次 |
| 书　号 | ISBN 978-7-5454-7422-0 |
| 定　价 | 25.00 元 |

图书营销中心地址：广州市环市东路水荫路 11 号 11 楼
电话：（020）87393830　　邮政编码：510075
如发现印装质量问题，影响阅读，请与本社联系
广东经济出版社常年法律顾问：胡志海律师
·版权所有　翻印必究·

建议配合 二维码 一起使用

# 读懂经典文学名著，
# 爱读会写学知识

扫描下方
二维码
即可获得

- 听故事学知识　听原汁原味故事，学名著考试知识
- 跟名师精读名著　名师带你精读100本世界名著
- 名著读写方法指导　会阅读更会运用，成为写作小能手

## 前言

　　《太有趣了，名著！图说中国民间故事》包含了丰富的历史知识、深厚的民族情感，也包含了丰富的想象力。作为中华文化不可或缺的一部分，中国民间故事有着永恒的艺术魅力。许多的经典故事，都以其闪烁的睿智星火以及先贤的思想光芒，照亮和影响着我们一代又一代的人。而人类的历史也就是在一部部经典名著的串联铺展中发展的，通过阅读不朽的文学作品，我们不仅能够培养和提高自己的文学鉴赏能力，还能丰富自己的思想，帮助自己树立正确的人生观。而从这些故事里，我们可以看到勤劳、善良、勇敢、团结、忠诚、孝顺、公正、清廉、敢爱敢恨、勇于牺牲等优秀品质，但也可以看到丑陋、自私、霸道、贪婪、残忍等邪恶现象。

　　例如，我们从徐文长和刘三姐身上，体会到了解决问题要灵活的道理；从聪慧的采桑娘和巧媳妇的故事里，学到了解决问题的方法；从董永和舜帝的故事里，我们明白了应该懂得感恩、孝敬长辈，等等。

　　因此，文学作品，特别是古今中外的经典作品的影响力是不可估量的，会让一个人受益终身。

# 目 录

孟姜女哭长城 / 1

梁山伯与祝英台 / 6

哪吒闹海 / 10

徐文长买桃 / 14

八仙过海 / 18

刘三姐 / 24

孔子与采桑娘 / 31

巧媳妇 / 35

董永遇仙 / 44

帝舜孝顺 / 53

三个和尚 / 57

白蛇传 / 60

宝莲灯 / 67

葫芦娃 / 72

牛郎织女 / 75

仓颉造字 / 79

神农尝百草 / 82

田螺姑娘 / 84

摇钱树和聚宝盆 / 88

阿里山的传说 / 94

猎人海力布 / 97

孔融让梨 / 102

王冕学画 / 104

阿凡提的故事 / 108

木兰从军 / 112

华佗琼林学医 / 116

包公的故事 / 123

阿诗玛的故事 / 129

狼来了 / 135

百鸟朝会 / 138

长发妹 / 141

阿巧养蚕 / 151

一幅壮锦 / 156

望娘滩 / 160

# 目 录

老鼠嫁女 / 166

灶王爷 / 170

腊八粥 / 173

端午节的来历 / 176

重阳节登高 / 179

黄鹤楼的传说 / 182

趵突泉的故事 / 186

镜泊湖的故事 / 189

# 孟姜女哭长城

- 人物介绍
  - 人物名称：孟姜女
  - 人物外貌：亭亭玉立，美丽迷人
  - 性格特征：知书达礼，意志坚定，疾恶如仇
  - 特殊技能：刺绣功夫好，记忆力强

- 千里寻夫
  - 起因：秦始皇修长城，丈夫被抓壮丁
  - 过程：长途跋涉 → 辛苦寻找 → 得知噩耗 悲痛大哭 → 长城倒塌 → 尸骨现身
  - 结果：秦皇逼迫 → 怒骂暴君 → 撞城而亡 → 长城倒塌

## 故事梗概

秦始皇征调全国的民工修长城，很多人累死在长城脚下，范喜良就是其中的一位。他的妻子孟姜女不远千里，亲赴长城脚下寻找丈夫，最终哭倒长城，与丈夫共同葬在长城脚下

秦朝时候，八达岭一带住着两户人家，一户姓孟，一户姓姜，两家世居于此，关系自然非同一般。

有一年，孟家在墙边种了一棵瓜，瓜秧越长越多，慢慢地顺着墙头爬到了隔壁姜家，并且在姜家墙边结了一个瓜。这瓜长得又大又圆，非常惹人喜爱，谁看见了谁夸。到了秋天摘瓜时，孟家和姜家商量：这瓜跨了两院，就用刀切开，一家分一半。可没想到刀刚架到瓜上，瓜就"咔嚓"一声自己裂成两半了。出奇的是，里面躺着一个小婴儿，又白又胖，正哇哇地哭呢！大家惊奇之余，赶紧抱起孩子一看——是个漂亮的小女孩。两家高兴极了，正好两家都没有孩子，就决定将孩子共同抚养，并取名"孟姜女"①。

日月如梭，不觉之间，小孟姜女已经长到了六岁。孟家有一女仆，刺绣功夫好，这便吸引了孟姜女②。每当女仆干活时，小孟姜女就在一旁看，看过几回后，就学着自己动起手来，居然也很像模像样。女仆很惊讶，便手把手教她。小孟姜女悟性高，没多久，刺绣的功夫竟然赶上了女仆。姜员外见小女有些灵性，就专门培养她，经常给小孟姜女解读一些诗词歌赋，女仆也把自己知道的一些稗官野史，讲给小孟姜女听。小孟姜女记性好，十五六岁时，不仅知道了很多历史人物的故事，而且学识渊博，知书达礼。孟姜女在姜、孟两家的呵护下渐渐长大了，

---

① 详细介绍了"孟姜女"名字的由来。
② "吸引"说明孟姜女对刺绣有兴致，愿意学。

像模像样（xiàng mú xiàng yàng）：符合一定规格或标准。
稗官野史（bài guān yě shǐ）：泛称记载逸闻琐事的文字。

## 孟姜女哭长城

出落成一个<u>亭亭玉立</u>的漂亮姑娘。

一天,她正在花园中游玩,忽然看见花丛中躲着一个人,那个人看起来像个书生。孟姜女以为是坏人,赶忙叫来爹爹孟员外。孟员外把书生叫出来一问才知道,他叫范喜良。

那时候,秦始皇为修长城,在全国上下抓壮丁,而修长城的壮丁十有八九都回不来①。范喜良为躲避抓壮丁,从家乡逃到了这儿。孟员外看小伙子眉清目秀,举止文雅,<u>文质彬彬</u>,就让他留了下来。范喜良不但书读得好,而且勤快能干,受到了大家的赞赏。孟姜女也暗暗喜欢上了他。转眼间,孟姜女到了谈婚论嫁的年龄,孟、姜两家一商量,觉得范喜良不错,跟女儿一说,正中孟姜女的下怀。她满心欢喜,满脸羞红地同意了。于是,两家欢天喜地地筹备婚事。

结婚那天热闹非凡,可没想到就在两人要入洞房时,县官带着抓壮丁的官兵来了,不由分说抓走了范喜良②。新婚当天丈夫就被抓走,孟姜女哭得昏天黑地。

三个月以后还没见丈夫归来,孟姜女决定去长城寻找范喜良。从他们家到长城路途遥远,一个弱女子又怎么能轻易地到达呢?可是,意志坚定的孟姜女没有丝毫退缩。她走呀,走呀,磨破了衣衫,磨破

---

① 为后面范喜良的结局埋下伏笔。
② 新婚之夜的喜悦被蛮横无理的官兵搅散,进一步揭露了秦朝的残暴统治。

亭亭玉立(tíng tíng yù lì):形容美女身材修长或花木等形体挺拔。这里指孟姜女身材优美。

文质彬彬(wén zhì bīn bīn):原形容人既文雅又朴实,后来形容人文雅有礼貌。

了鞋,历尽了千辛万苦终于来到了长城脚下①。她一看,无数的壮丁在烈日下流着汗背石头,好多人已经累得爬不起来了。如果壮丁们稍有怠慢,监官们手中的皮鞭就会雨点般地落下来。受不了如此残酷折磨而死在长城脚下的壮丁更是不计其数。孟姜女看到这些悲惨的场面,心惊肉跳,悲恸不已,心中更是牵挂自己的丈夫。于是,她更加急切地想要找到丈夫,可是找来找去也没找到。最后,心急如焚的孟姜女一边找一边哭喊着:"喜良,你在哪里?喜良,你在哪里?"有一个壮丁走过来对孟姜女说:"你在找范喜良吧?"孟姜女高兴地抓住他的手说:"是的,大哥,你知道他在哪里吗?"那壮丁难过地低下头说:"他三天前就死了,就埋在那边长城根下。"

　　孟姜女听到这个噩耗,差点昏死过去。她跌跌撞撞地来到长城根下,眼前的景象真是惨不忍睹,到处都是白骨,如此,也不知道范喜良究竟埋在哪里②。孟姜女失声痛哭,哭得几乎肝肠寸断。哭着,哭着,只听"轰隆"一声,原来厚实的长城有一段轰然倒塌了,露出了范喜良的尸骨。孟姜女扑倒在丈夫的尸骨上更加悲痛地大哭起来。

　　听说有人哭倒了长城,秦始皇勃然大怒,便派人把孟姜女抓了起来。

① "千辛万苦"表明了孟姜女去长城途中的艰辛。
② "到处"一词揭露了秦朝的残暴统治。

怠慢(dài màn):冷淡;懈怠轻忽。
不计其数(bú jì qí shù):无法计算数目,形容数目极多。
肝肠寸断(gān cháng cùn duàn):形容非常悲痛。
勃然大怒(bó rán dà nù):形容人突然大发脾气。

## 孟姜女哭长城

一见到孟姜女,他立刻被孟姜女的美貌迷住了。他对孟姜女说:"你哭倒了长城,该当死罪。但如果你答应做我的妃子,我便饶了你。"孟姜女看着眼前的暴君,说:"我答应你,但你必须和我一起到长城,我要亲手埋葬我丈夫,然后再嫁给你。"

秦始皇为了得到孟姜女便答应了。

来到长城脚下,孟姜女走到长城根,愤怒地指着那一堆堆白骨对秦始皇说:"暴君,你看看这些白骨,你害得多少人妻离子散,家破人亡[①]!"说完,一头撞向长城,长城轰然倒塌,埋葬了孟姜女和范喜良的尸骨。

---

① 孟姜女当面指责秦始皇的暴行,宁愿一死,也不愿与他为伍。

# 梁山伯与祝英台

太有趣了，名著！ | 图说中国民间故事 |

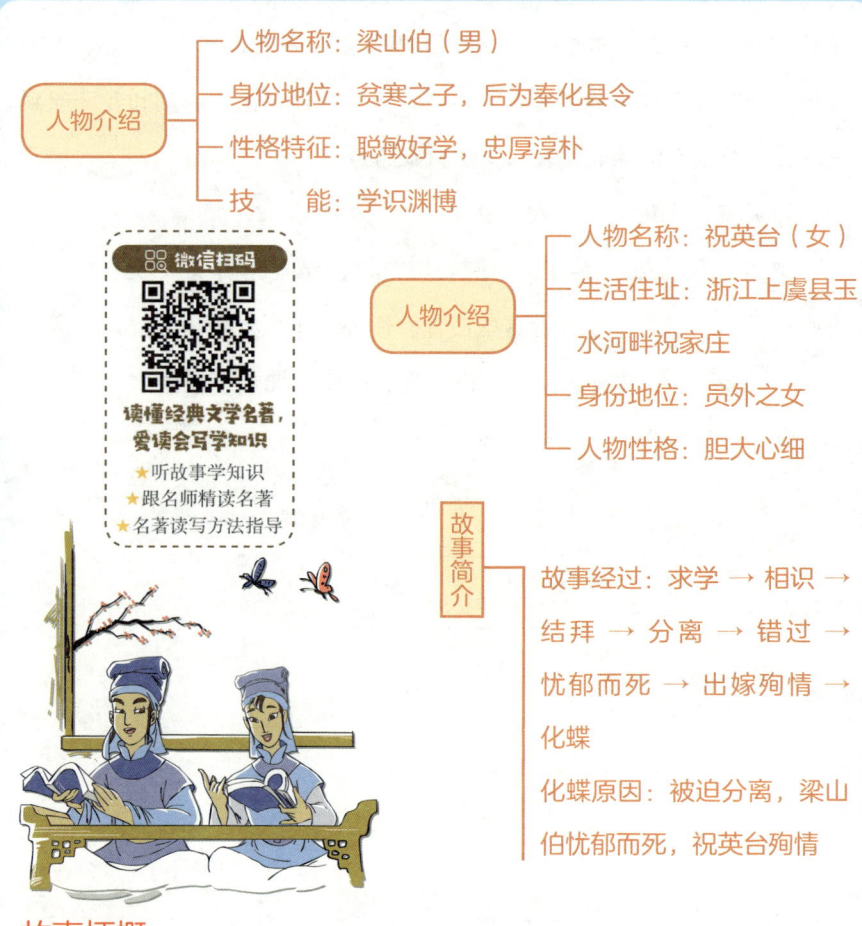

- 人物介绍
  - 人物名称：梁山伯（男）
  - 身份地位：贫寒之子，后为奉化县令
  - 性格特征：聪敏好学，忠厚淳朴
  - 技　　能：学识渊博

- 人物介绍
  - 人物名称：祝英台（女）
  - 生活住址：浙江上虞县玉水河畔祝家庄
  - 身份地位：员外之女
  - 人物性格：胆大心细

- 故事简介
  - 故事经过：求学 → 相识 → 结拜 → 分离 → 错过 → 忧郁而死 → 出嫁殉情 → 化蝶
  - 化蝶原因：被迫分离，梁山伯忧郁而死，祝英台殉情

## 故事梗概

祝英台因求学心切，于是说服父亲同意自己女扮男装远赴杭州的书院读书。在杭州，祝英台与梁山伯邂逅，二人义结金兰，同窗共读，期间萌生感情。学成之后，纵然梁山伯识得祝英台为女郎，但家境差距等一系列因素，使得二人错过。最后，梁祝化蝶，成就了一段凄美传说。

## 梁山伯与祝英台

东晋时期,浙江上虞县玉水河畔祝家庄的祝员外有一个女儿叫祝英台。祝英台从小美丽聪颖,每次听到班昭、蔡文姬这些古代著名才女的故事,她都羡慕不已,渴望成为像她们一样的才女。因此,祝英台缠着父亲,希望能和兄长一起上私塾,习诗文。祝员外不忍心拒绝就答应了她①。

随着年龄的增长,聪明好学的祝英台感觉自己老师的才学已经不足以教授自己了。因此,祝英台一心想去杭州访良师、求学问。祝员外拒绝了女儿的请求,祝英台求学心切,伪装成卖卜者,对祝员外说:"按卦而断,还是让令爱出门的好。"祝父见女儿乔扮男装,毫无破绽,为了不使她失望,只得勉强应允②。

父亲同意以后,祝英台就高高兴兴地女扮男装,远去杭州求学了。求学杭州途中,祝英台在无意中邂逅了赴杭求学的会稽(今绍兴)书生——梁山伯,两人一见如故,相谈甚欢,在草桥亭上撮土为香,义结金兰。没过几天,两人来到杭州城的万松书院,拜师入学。从此,他们同窗共读,形影不离。梁祝同学三年,情谊深厚。祝英台深爱梁山伯,但梁山伯却始终不知道她是女子,只念兄弟之情,并没有特别的感受。祝父思女,催归甚急,祝英台只得仓促回乡。梁祝分手,依依不

① 交代祝英台和兄长一起上私塾,为下文与梁山伯相遇做铺垫。
② 乔装"卖卜者"的故事既反映了祝英台的聪明伶俐,又可以看出父亲对祝英台的疼爱。

卖卜者(mài bǔ zhě):算卦的人。
邂逅(xiè hòu):偶然遇见;不期而遇。
形影不离(xíng yǐng bù lí):形容彼此关系亲密,经常在一起。

舍，在十八里相送途中，祝英台不断借物托意，暗示爱情①。

梁山伯忠厚纯朴，不解其故。祝英台无奈，只好谎称家中有九妹，品貌与己酷似，愿替山伯做媒。可是梁山伯家贫，未能如期而至。待梁山伯去祝家求婚时，祝父早已将英台许配给鄞县的太守之子马文才。山伯这才得知英台是女儿身，却为时已晚，一个美满的爱情故事，将要成为泡影。

第二天，祝英台和梁山伯楼台相会，泪眼相向，凄然而别。二人临别时，立下誓言：生不能同衾，死也要同穴！后梁山伯被朝廷任命为奉化县令。然而，在工作之余，梁山伯无时无刻不在思念着祝英台，不久就忧郁成疾，客死他乡。

祝英台听说梁山伯去世的消息，誓以身殉。祝英台被迫出嫁时，绕道去梁山伯墓前祭奠，在祝英台哀恸感应下，风雨雷电大作，坟墓爆裂，祝英台翩然跃入坟中，墓复合拢，风停雨霁，彩虹高悬，梁祝化为蝴蝶，在人间翩翩飞舞②。

① "十八里相送"写出了两人的情义之深。同时也表现了梁山伯的迂腐。
② 运用象征的写法，为他们二人凄美的爱情故事画上了一个浪漫的句号。蝴蝶双双飞，象征了他们二人永不分离的爱情。

忧郁成疾（yōu yù chéng jí）：由于过度忧伤愁闷郁结而导致生病。忧郁，忧伤愁闷。疾，病。
哀恸（āi tòng）：极为悲痛。

## 知识链接

### 中国民间四大爱情故事

中国民间四大爱情故事是指在中国民间以口头、文稿等形式最广为流传、影响最大的四个爱情故事,分别是《牛郎织女》《孟姜女哭长城》《白蛇传》《梁山伯与祝英台》。

## 感悟启示

这是一个让人心痛同时也感到幸福的故事。有人称它是中国的《罗密欧与朱丽叶》,我们在为梁祝感动的同时,也应该意识到,其实幸福就是平平淡淡的生活。我们应该珍惜当下的生活,虽然平淡,但很幸福。

| 图说中国民间故事 |

# 哪吒闹海

**人物介绍**
- 人物名称：哪吒
- 外貌特点：面如傅粉，唇似涂朱，眼运精光，带混天绫，手拿乾坤圈，手持红缨枪
- 人物身份：陈塘关李靖第三子，太乙真人徒弟
- 性格特点：敢作敢当

**相关事件**

游泳时杀死巡海大将（夜叉）→ 杀死东海龙王三太子（敖丙）→ 龙王领兵水漫陈塘关 → 被哪吒击退 → 玉帝派天兵天将捉拿哪吒 → 哪吒自刎 → 被太乙真人救活

## 故事梗概

  有着一身铮铮铁骨的哪吒在游泳时震动了整个东海龙宫，后在不经意间杀死了夜叉，并在打斗中杀了龙王三太子。哪吒深知犯下大罪，拔剑自刎。太乙真人动了怜悯之心，将哪吒复活。

# 哪吒闹海

陈塘关总兵李靖的夫人怀胎三年零六个月，结果生了个大肉球。李靖以为夫人生了个妖怪，一剑将肉球砍成两半，谁知里面竟跳出一个小男孩儿，一落地就扑到李靖怀里喊"父亲"①。

这时，有家丁来报告，说门口有道士求见。李靖将道士请进来，只听道士说："我是太乙真人，想收将军的三公子当徒弟，不知将军意下如何？"还没等李靖开口，小男孩儿就已经跪在地上拜师父了。太乙真人问李靖："孩子取名字了吗？"李靖想了想说道："他有两个哥哥，分别叫金吒、木吒，我看他就叫哪吒吧②。"

太乙真人对哪吒说："师父下山走得匆忙，没准备什么礼物。这块混天绫和这个乾坤圈就送给你当见面礼吧。"说完便飘然而去。

李靖隐隐感到这个儿子不是凡人。

哪吒七岁的时候，有一天到东海边玩耍。天气十分炎热，他索性跳进海里游泳。他这一游，整个东海龙宫都在震动。原来哪吒身上的混天绫和乾坤圈都是威力无穷的法宝，能够翻江倒海③。龙王赶忙派巡海夜叉去看看发生了什么事。夜叉浮出水面，看见一个小男孩儿在游泳。夜叉心想：这一定是个妖怪，要不然怎么把龙宫都给晃动了？我得先发制人……想到这里，他一言不发，举起兵器就向哪吒打去。

---

① 简单介绍了哪吒的出生，字里行间透露出哪吒的不平凡。
② "哪吒"名字的由来。
③ 可见混天绫和乾坤圈的威力巨大。

飘然（piāo rán）：形容轻捷或迅速的样子。
翻江倒海（fān jiāng dǎo hǎi）：形容力量或声势非常壮大。
一言不发（yī yán bù fā）：一句话也不说。

哪吒随手抛出乾坤圈，一击便将夜叉打死了，因乾坤圈沾到了夜叉的血，龙宫又一次开始晃动。

不一会儿，海面掀起滔天巨浪，一名小将跃出海面，身后还跟着虾兵蟹将。

小将朝哪吒吼道："是你打死了巡海夜叉吗？""你说的是方才偷袭我的那个妖怪吗，不错，是我打死的，谁让他先打我的。"哪吒漫不经心地说。

"你是谁家的孩子，竟敢在这里搅动海水，还打死了东海的大将，你该当何罪？"

"我是陈塘关李靖的三儿子，我叫哪吒。你又是谁？跑到这里大呼小叫的。"

"我是东海龙王的三太子敖丙，特地出来擒你的。"

说完，敖丙举起兵器向哪吒杀了过来。哪吒抛出混天绫，将敖丙死死地缠住，然后他举起乾坤圈就敲，一下就把敖丙打死了。哪吒想：龙筋可是个好东西，父亲正缺一条腰带，不如把龙筋献给父亲做腰带。于是，他就把敖丙的筋抽走了①。

龙王见儿子惨死，立刻领兵水漫陈塘关，谁知他根本不是哪吒的对手，哪吒轻而易举地就把龙王给打败了。龙王只好跑到玉帝那里告状，

① 以上内容生动地描写了哪吒打死了东海龙宫的大将巡海夜叉和龙王的儿子，为下文招来杀身之祸埋下了伏笔。

漫不经心（màn bù jīng xīn）：随随便便，不放在心上。
轻而易举（qīng ér yì jǔ）：形容事情很容易做。

## 哪吒闹海

玉帝便派天兵天将随同龙王一起去李靖家里擒拿哪吒。

知道儿子闯下大祸，李靖勃然大怒，对哪吒骂道："你这个竖子，我真后悔生下你，父母都要被你连累啦！"

哪吒深知自己犯下弥天大错，便跪在父亲面前说："一人做事一人当，我绝不连累父母。"说完，他便拔剑自刎了。龙王见哪吒已死，这才退兵离开①。

哪吒死后，他的魂魄飘飘悠悠来到他的师父太乙真人面前，太乙真人见他有悔过之意，便动了怜悯之心，他用藕和莲帮哪吒重新做了一个身体，然后施展法术，让哪吒复活了。后来，太乙真人还传授了许多法术给哪吒。

① 哪吒为了不连累父母，便自刎，表现了哪吒敢作敢当的特点。同时，也让我们看到了李靖的冷漠无情。

太有趣了，名著！ | 图说中国民间故事

# 徐文长买桃

**人物介绍**
- 人物名称：徐文长
- 人物身份：明代著名文学家、书画家
- 性格特点：聪明、机智

**智斗奸商**
- 起因：想买个鲜桃吃
- 过程：询问价格 → 果商讲价 → 一百文钱买个桃子 → 站在水果店门口大肆宣扬 → 连续三天果商没有卖掉一个桃子 → 果商求饶
- 结果：取回一百文钱，扬长而去

读懂经典文学名著，
爱读会写学知识
★听故事学知识
★跟名师精读名著
★名著读写方法指导

## 故事梗概

一天，徐文长想买桃吃。奸刁的水果商以为徐文长穷买不起，就故意欺负他。徐文长略施小计，就让水果商受到了惩罚。今天就让我们一起来看看徐文长是如何买桃的吧。

## 徐文长买桃

我国明代有一位著名的文学家、书画家,名叫徐文长,现在浙江一带仍然广泛流传着他的故事。

在绍兴有个狡猾的水果商人,从来不对顾客讲实话。他卖水果,见人要价,从中牟取暴利,忠厚老实的顾客,常常在他那吃亏上当[①]。

有一天早上,徐文长走过那家水果店门口,见有鲜桃出售,想要买个尝尝,就随口问道:"老板,桃子多少钱一斤?"

那水果商人看是徐文长,知道他很穷,认为他买不起桃子,是来和他开玩笑的,就故意回答道:"桃子是不上秤的,一百文钱一个,你买得起吗[②]?"

徐文长听了,心里暗想:你这个奸刁的家伙,人家都说你做生意不规矩,见人要价,好,今天我倒要教训教训你。于是,他把口袋里仅有的一百文钱掏出来,交给水果商,认真地说:"好,那我买一个。"

"好的,好的。"水果商人见徐文长真的掏出一百文钱,以为他是一个书呆子,心想:反正这种人平时也不知道物价。于是,一面放大胆子收下了钱,一面给了徐文长一个桃子,还以为徐文长这下可是上了他的当,吃了他的亏。

谁知徐文长买了桃子后,就拿着这个桃子,站在水果店旁不走

---

[①] 简单地介绍了这个水果商人的情况,引出下文。"见人讲价,从中牟取暴利"的做法表现出了水果商人奸诈的本性。

[②] "故意"一词,可以看出这个老板认为徐文长买不起,看人要价,欺骗顾客。

狡猾(jiǎo huá):诡计多端,不可信任。
牟取(móu qǔ):谋取(名利)。

了。凡是有顾客来问桃子价钱时，徐文长就把手里的桃子高高举起，对顾客喊道："桃子是不上秤的，一百文钱一个。"顾客听了，有的摇头，有的吐舌，谁愿意买这样昂贵的桃子呢①？这一天，这家水果店从早到晚除了卖给徐文长一个桃子外，一桩生意也没有做成。

第二天一早，徐文长没等水果店开门，就又站在店门口了。和昨天一样，他手里又拿着那个桃子，凡是有人来问桃子的价钱时，他就举起手里那个桃子喊道："桃子是不上秤的，一百文钱一个。"

就这样，这家水果店第二天也没有卖掉一个桃子。

第三天，徐文长还是那样，一早就站在水果店门口了。来往的人不但没有一个来问桃子价钱的，反而都朝店里瞪起了眼睛。原来，一百文钱买一个桃子的新闻，早已轰动全城，成为街谈巷议的笑料了。谁还会到这家水果店来买这样昂贵的桃子呢？

水果商人吃了大亏，这时，他才知道自己上了徐文长的当。他只好厚着脸皮向徐文长苦苦哀求："徐先生，我把一百文钱还给你，再倒贴你一百文钱和十斤桃子，请你无论如何别再站在这里，让我做点儿生意吧。你做做好事吧！对不起②……"

徐文长听了，哈哈大笑，说道："为什么？"

① 顾客听到徐文长的话，有的摇头，有的吐舌……都不在这家买桃子了。徐文长的话起到了惩罚水果商人的作用。
② 这一句描写了水果商人被徐文长惩罚后苦苦哀求的样子，真是大快人心。

轰动（hōng dòng）：同时惊动很多人。
街谈巷议（jiē tán xiàng yì）：大街小巷里人们的议论。

## 徐文长买桃

奸商这时才说了实话："你再站下去，我店里的水果都要烂光了。徐先生，你就饶了我吧！"

徐文长沉下脸，厉声说："告诉你，做人不要过分奸刁。这次只不过是教训教训你，下次再这样，就不能饶恕你了。"说完，取回一百文钱，把已经烂了的桃子还给奸商，就扬长而去了。

饶恕（ráo shù）：免予责罚。

太有趣了，名著！ | 图说中国民间故事

# 八仙过海

**第一次显威**
- 吕洞宾→宝剑
- 铁拐李→宝葫芦
- 汉钟离→大扇子
- 蓝采和→快板

**第二次显威**
- 张果老→骑毛驴
- 韩湘子→踩仙笛
- 铁拐李→抱葫芦
- 何仙姑→坐莲花
- 曹国舅→踏玉板
- 汉钟离→蹬蒲扇
- 吕洞宾→踩宝剑
- 蓝采和→战龙太子

吕洞宾

曹国舅

铁拐李

汉钟离

**大战龙太子**
- 钟汉离→扇扇子→失败
- 韩湘子→奏仙乐→制止
- 吕洞宾→挥宝剑→断剑
- 铁拐李→招拐杖→被缠
- 何仙姑→罩花篮→解围
- 张果老→骑毛驴→被咬
- 曹国舅→救果老→围攻
- 老龙王→救太子→道歉

八仙过海

**故事梗概**

　　八仙欲乘船到蓬莱岛观赏风景,途中遇到了龙王太子来捣乱,八仙与他大战几回合。龙王太子处于下风,便向龙王求救。龙王知道后,训斥了太子,并带他来向八仙道歉,这场冲突才算结束,八仙继续游玩去了。

八仙，铁拐李、汉钟离、吕洞宾、曹国舅、张果老、韩湘子、蓝采和、何仙姑，感情深厚，做事喜欢共进退①。

一天，吕洞宾听说东边的蓬莱岛风景旖旎，就邀请大伙一块去看看，消磨一下时光。

"要去那儿还不容易，依我等的修行，一炷香的工夫就到了。"蓝采和首先说道。"是啊，是啊。"众仙附议道。可是吕洞宾偏偏别出心裁②，他说："听说东边大海海景优美，我们何不乘船过海，也好欣赏海景啊！"大家一听觉得很好，便准备乘船过海。

吕洞宾冲在最前面，拿过铁拐李的拐杖，往海里一扔，说了一声"变"，顿时拐杖变成了一艘宽敞漂亮的大船，于是八位大仙坐船观景，喝酒唱歌，热闹非凡。

船慢慢悠悠地在海里前进着，神仙们觉得速度太慢，吕洞宾就说："我们不如每人都拿出自己的宝物，使船加速前进。"刚说完，吕洞宾就拔出宝剑，扔进水中，水中立刻翻起大浪，船借着风浪，速度果然快了许多。过了不一会儿，吕洞宾便收回宝剑，该下一个神仙了。

铁拐李见状，马上摘下自己的宝葫芦，将葫芦口对着船的后面，只听"砰砰"两声，船又加快了速度。汉钟离也不甘示弱，举起大扇子，

---

① 开篇就把八仙的名字具体地告诉了我们。
② 吕洞宾的"别出心裁"是后面一系列麻烦的根源。

旖旎（yǐ nǐ）：柔和美好。
附议（fù yì）：同意别人的提议，作为共同提议人。
别出心裁（bié chū xīn cái）：独创一格，与众不同。

# 八仙过海

扇了几下。船的速度变得更快了[①]。

眼看着仙友们一个个使出了看家本领，蓝采和着急了，拿起快板抛入水中。可是过了一会儿，没见蓝采和收回快板，船也慢了下来。几位大仙笑着说："怎么你的快板不灵了呢？"蓝采和一看自己的宝物不灵了，急忙想收回看看怎么回事。可是任凭他使尽了法术，也没见快板回来。于是，他急急忙忙跳入水中去找，结果一看，是被龙王太子给偷了。蓝采和追了上去，与龙王太子大战起来。

其他七位大仙正谈论着蓝采和仙术失灵的事，突然，平静的海面掀起一个浪头，将大船打翻了[②]。张果老眼尖，翻身爬上毛驴背；曹国舅脚踏玉板浪里漂；韩湘子放下仙笛当坐骑；汉钟离打开蒲扇垫脚底；铁拐李失了拐杖，幸亏抱着个葫芦；吕洞宾踩着宝剑；何仙姑坐在莲花上，都没有落水。

他们见此情景，便知道是龙王太子偷了快板。大家在一旁给蓝采和加起油来。蓝采和越战越勇，龙王太子逐渐处于下风[③]。他又见八位仙人都在，知道自己不是他们的对手，便使了个心眼逃之夭夭了。

八位仙人本来是去欣赏美景的，没想到偏偏遇上这种**大煞风景**的事，一个个极为愤慨，便相继跃入水中追赶龙王太子。

---

① 八仙各有本事，都想显示一下自己的本领，这就是歇后语"八仙过海——各显神通"的来历。
② "突然"说明风浪来得出人意料，给人一种措手不及的感觉。
③ 仙友们的鼓励加油让蓝采和越战越勇。

大煞风景（dà shà fēng jǐng）：比喻败坏了良好的心情或景致。

龙王太子知道八仙不会轻易饶过他，于是，他命令虾兵蟹将，掀起漫海大潮，使出浑身解数向八仙袭来。

汉钟离哈哈一笑，飘然落在潮头。他轻轻一摇蒲扇，只听"呼呼"两声，一阵狂风就把虾兵和蟹将都卷到九霄云外去了，吓得其他海怪连忙退回老巢①。龙王太子见状，倒也应对从容，他把脸一抹，喝声"变"，海里突然蹿出一条大鱼，张开闸门似的大嘴就要来吃汉钟离。汉钟离急忙扇动扇子，想把大鱼扇走。可那大鱼不但毫不退缩，反而嘴巴越张越大。这下，汉钟离手忙脚乱了。正在危急时，忽然传来韩湘子的仙笛声。那笛声悠扬悦耳，大鱼听了，竟然斗志全无，朝韩湘子歌舞参拜起来，渐渐浑身酥软，老老实实不动了。

吕洞宾看到这，知道机会来了，忙挥剑来斩大鱼，谁知一剑劈下去火星四溅，鱼没斩着，自己的宝剑反而被碰断了。

他一愣神，才发现，这根本不是大鱼，竟然是块大礁石。吕洞宾气得火冒三丈，铁拐李却在一旁笑眯眯地说："看我的！"

只见铁拐李向海中一招手，他的那根拐杖便回到他手中。铁拐李用拐杖打下去，不料却打在一堆软肉上。原来，大礁石已变成一条大章鱼，拐杖被章鱼的手脚缠住了。要不是何仙姑的花篮罩下来，铁拐李早被章鱼吸到肚子里去了。原来那大礁石和章鱼都是龙王太子变的。这时，他见花篮当头罩来，慌忙化作一条海蛇，向东逃窜。张果老骑在毛驴上，连忙追赶。眼看就要追上，不料毛驴被一只蟹精咬住蹄，一声狂

① "卷"字形象传神，足见扇子威力之大。

九霄云外（jiǔ xiāo yún wài）：形容远得无影无踪。

**八仙过海**

叫把张果老抛下驴背。幸亏曹国舅眼疾手快,救起张果老,打死了蟹精①。

此时龙王太子现出原形,闪耀着五颜六色的龙鳞,摆动着尖利的龙角,张舞着尖利的龙爪,向大仙们猛扑过来。八位大仙各显法宝,一齐围攻龙王太子。

龙王太子斗不过八仙,只得向龙王求救。龙王知道后,把龙王太子痛骂了一顿,并亲自带着太子向蓝采和道歉,把快板还给了他,这件事才到此结束。

经此大战,八仙的道行又有了很大的提升。他们喝酒聊天,同游蓬莱岛去了。八仙一到,只见霞光普照,天地一片灿烂。原来,彩虹听说了他们的事迹,赶忙出来迎接他们了。

① 场面描写,将打斗的场景描写得非常生动。也照应了开头"共进退",表现了八仙团结一心的品质。

# 刘三姐

|图说中国民间故事|

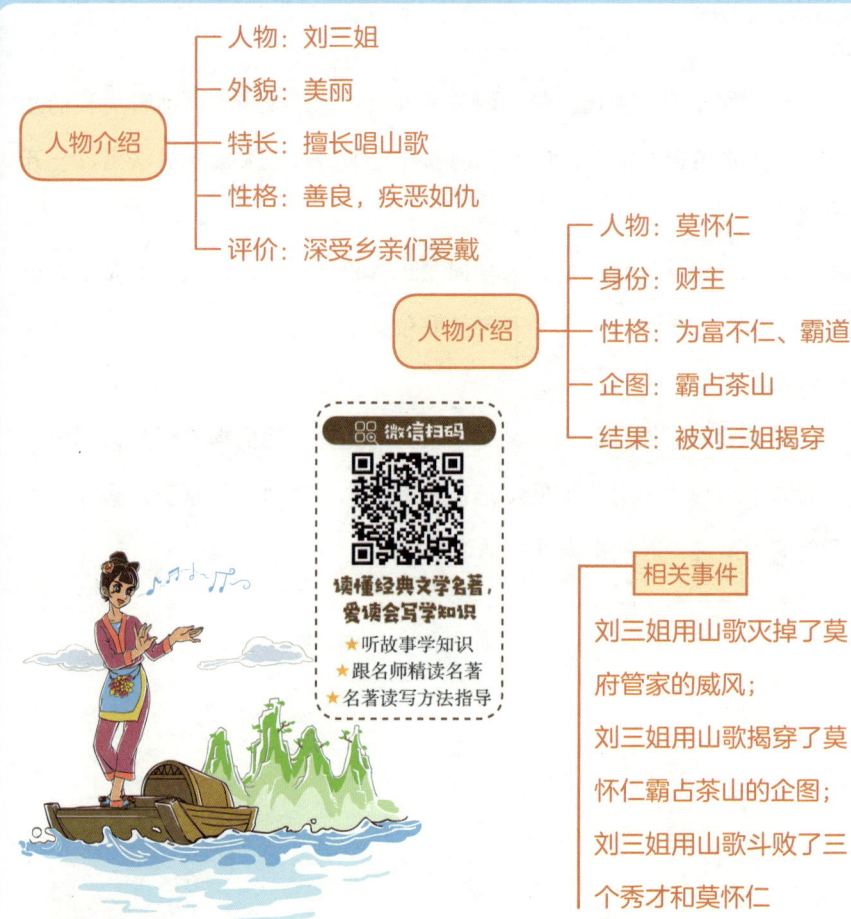

- 人物介绍
  - 人物：刘三姐
  - 外貌：美丽
  - 特长：擅长唱山歌
  - 性格：善良，疾恶如仇
  - 评价：深受乡亲们爱戴

- 人物介绍
  - 人物：莫怀仁
  - 身份：财主
  - 性格：为富不仁、霸道
  - 企图：霸占茶山
  - 结果：被刘三姐揭穿

- 相关事件
  - 刘三姐用山歌灭掉了莫府管家的威风；
  - 刘三姐用山歌揭穿了莫怀仁霸占茶山的企图；
  - 刘三姐用山歌斗败了三个秀才和莫怀仁

## 故事梗概

刘三姐用歌声做武器，灭掉了莫府管家的威风，帮青年猎手夺回野兔，于是莫怀仁对她记恨在心，请来三个秀才与刘三姐对歌。结果秀才们惨败，莫怀仁被骂得面红耳赤。刘三姐的歌唱出了乡亲们的心声，唱出了正义的力量，乡亲们个个扬眉吐气，拍手称快。

# 刘三姐

很久以前,在广西宜州下涧河边的壮族山村里,有位姑娘,因为在家排行第三,人称刘三姐①。她不仅聪明伶俐、美丽动人,而且有一副美妙的歌喉。她唱起山歌来,不仅乡亲们爱听,连那些飞鸟游鱼都会听得入迷②。

刘三姐山歌唱得好,人品更好。她热爱乡里,同情贫苦百姓;她疾恶如仇,对社会上的那些不平事,不仅敢于仗义执言,而且还用山歌做武器与那些土豪劣绅做斗争③。因此,她深受乡亲们爱戴。

一天,刘三姐走在崎岖不平的山间小路上,看着弯弯曲曲的江水,不由唱道:

"唱山歌,这边唱来那边和。

山歌好比春江水,不怕滩险湾又多……"

正唱着,忽然听到一阵争吵声。刘三姐走到近前,发现青年猎手阿牛正与财主莫怀仁的管家争吵。原来这个管家仗着莫家的势力,要抢阿牛射中的一只野兔。

三姐忍无可忍,便唱道:

① 简单介绍刘三姐的身世。
② 刘三姐不仅漂亮,而且歌唱得好。
③ 写出了刘三姐深受乡亲们爱戴的原因。

聪明伶俐(cōng míng líng lì):聪明灵活。
仗义执言(zhàng yì zhí yán):为了正义说公道话。
爱戴(ài dài):敬爱并且拥护。

"天地山川盘古开，飞禽走兽众人财。
想吃鲜鱼就撒网，要吃野兔带箭来。"

管家听了，威吓她说："你是什么人？可晓得莫家的厉害？"
刘三姐唱道：

"大路不平众人踩，情理不合众人排。
横梁不正刀斧砍，管你是斜还是歪。"

刘三姐的歌声大灭了莫府管家的威风，大长了乡亲们的志气。乡亲们捋袖挥拳，蜂拥而上，管家在众人的嘲笑和咒骂声中急忙溜走了。人们都围上来说："三姐，你的歌唱得好，真是唱到我们心窝里了①！"

没过多久，莫怀仁想霸占茶山，做自家坟地，又被刘三姐用山歌揭穿了企图，他的阴谋没有得逞。莫怀仁恼羞成怒，把刘三姐当作眼中钉、肉中刺。他想除去刘三姐，想来想去，想出一个鬼主意。他带着媒婆到刘三姐家提亲，并威胁说，要是不同意，就告她哥刘二欠债不

---

① 不仅写出了刘三姐唱歌的水平高，也写出了刘三姐的歌反映了人们的心声。

蜂拥而上（fēng yōng ér shàng）：形容很多人一齐拥上来。
恼羞成怒（nǎo xiū chéng nù）：由于羞愧和恼恨而发怒。

# 刘三姐

还[①]。三姐又气又急,唱道:

"三姐生来脾气怪,只爱山歌不爱财。
你若不怕我唱歌,结亲就要摆擂台。
谁能唱歌唱赢我,不用花轿自己来。"

第二天,莫怀仁找来三个秀才,带着满船的歌书,准备和刘三姐对歌。他神气地说:"刘三姐,今天和你对歌的,都是当地名士。你若是认输倒也罢了,若不认输,你可别后悔!"

三姐唱道:

"没后悔,你会腾云我会飞,
黄蜂歇在乌龟背,你敢伸头我敢锥。"

李秀才讨好财主说:"莫公不必介意,我来!"他唱道:

"小小黄雀才出窝,谅你山歌有几多?
那天我从桥上过,开口一唱歌成河。"

---

[①] 莫怀仁以"提亲"的事来威胁、报复刘三姐。

介意(jiè yì):把不愉快的事记在心里;在意(多用于否定式)。

三姐唱道：

"你歌哪有我歌多，我有十万八千箩，
只因那年发大水，歌声塞断九条河。"

秀才们见唱不过刘三姐，就想为难她。罗秀才唱道：

"三百条狗交给你，一少三多四下分，
不要双数要单数，看你怎样分得匀。"

三姐对身边的一个小姑娘说："舟妹，你跟他对！"舟妹唱道：

"九十九条打猎去，九十九条看羊来，
九十九条守门口，还剩三条——"

秀才们幸灾乐祸地说："怎么样？唱！唱！"三姐对舟妹耳语了一下，舟妹唱道：

"财主请来当奴才！"

众人一阵哄笑，秀才们被骂得个个面红耳赤。莫怀仁气急败坏地冲

气急败坏（qì jí bài huài）：上气不接下气，狼狈不堪，形容十分慌张或恼怒。

# 刘三姐

他们喊:"快对!快对!"陶秀才忙唱:

"你发狂,开门敢骂读书郎,
　　惹得圣人生了气,从此天下无文章。"

刘三姐轻蔑地笑了笑,又接着唱:

"笑死人,劝你莫进圣人门,
　　若要碰见孔夫子,留神板子打手心。"

三个秀才和刘三姐他们对了一阵歌,已经狼狈不堪了,乡亲们还想戏弄他们一下,就出了个谜语让他们猜:

"什么生来头戴冠,大红锦袍身上穿?
　　什么生来肚皮大,手脚不分背朝天?"

众秀才自以为聪明,得意地抢着唱起来①。
李秀才唱道:

"中了状元头戴冠。"

---

① "自以为聪明""抢着"形象地表现出了三个秀才没有真才实学,却一味显摆,结果闹了笑话。

狼狈不堪(láng bèi bù kān):形容处境十分困难,窘迫得难以忍受。

陶秀才唱道：

"大红锦袍身上穿。"

罗秀才这下可找到机会了，赶紧唱：

"莫公享福肚皮大，见了皇上背朝天。"

这下连莫怀仁身边的丫鬟们都忍不住笑出声来。莫财主问："你们笑什么？"丫鬟说："老爷，头戴冠是大公鸡，肚皮大是老母猪！"莫财主和秀才们在对歌中大丢面子，再也无计可施，灰溜溜地败下阵去。

刘三姐走遍壮族的山川野岭，她的歌声也传遍家家户户。土豪劣绅听了，个个如坐针毡，丧魂落魄；乡亲们听了，人人扬眉吐气，拍手称快①。

① 刘三姐的歌声传遍了家家户户，土豪劣绅听了非常害怕，乡亲们听了拍手称快。

扬眉吐气（yáng méi tǔ qì）：形容被压抑的心情得到舒展而快活如意。

# 孔子与采桑娘

人物介绍
- 人物：采桑娘
- 工作：采桑
- 性格：天真活泼、聪明伶俐
- 人品：乐于助人

线穿九曲明珠
- 起因：孔子和他的弟子被围困在陈、蔡两国之间
- 经过：陈、蔡两国派人给孔子送去九曲明珠→孔子派颜渊和自贡去请教→第一次敲门，姑娘给了他们一个西瓜→子贡破解→姑娘们告诉了他们方法。
- 结果：成功地用丝线穿过了九曲明珠

## 故事梗概

孔子和他的弟子们被围困在陈国和蔡国之间。陈、蔡两国看到只用围困的办法未能将孔子一行人饿死，便派人给孔子送去一颗九曲明珠，说如果他们能用丝线穿过珠孔，就放他们出去。孔子就派自己的弟子去求助采桑娘，让我们一起看看采桑娘是如何帮助他们摆脱困境的吧。

孔子和他的弟子们周游列国时，被围困在陈国和蔡国之间。陈、蔡两国的国君，既不想杀害他们，也不想逮捕他们，而是想让他们在荒郊野外活活饿死①。

果然，不久之后他们就断了粮，据说有七天七夜没有吃上饭，全靠野菜汤充饥，人都饿得打不起精神，脸色也很难看。后来由于子路捉到了一条大鲢鱼，大家吃了才振作起来。弟子们照常读书学习，孔子每晚仍旧弹他的琴②。

陈、蔡两国看到只用围困的办法未能奏效，便派人给孔子送去一颗九曲明珠，说："如果能用丝线穿过珠孔，就放你们出去。"孔子和弟子们拿起这颗明珠，都试着用丝线去穿，可是怎么也穿不进去③。忽然，孔子一拍脑袋说："哦，想起来了，想起来了！我们从卫国来到陈国的途中，遇到两个姑娘正在树上采桑，我和她们开玩笑，说了一句'南枝窈窕北枝长'，她俩便回答我说：'夫子在陈必绝粮，九曲明珠穿不得，再来问我采桑娘。'现在回想起来，这两个采桑姑娘很有预见性，我想派人去向她们请教一下。"

① 开篇介绍孔子和他的弟子们的处境。
② 在困境中，孔子和他的弟子们并没有消沉，依旧坚持自己的学业和兴趣爱好。
③ 陈、蔡两国再次刁难孔子及他的弟子们，为下文采桑姑娘的出场做了铺垫。

奏效（zòu xiào）：发生预期的效果；见效。
窈窕（yǎo tiǎo）：（女子）文静而美好；（妆饰，仪容）美好。
请教（qǐng jiào）：请求指教。

## 孔子与采桑娘

学生们都赞成老师的话。于是,孔子派大弟子颜渊和能言善辩的子贡,去寻访采桑姑娘。两个人来到采桑姑娘的家乡,却不知道姑娘叫什么名字,只见桑树下堆着一堆土,附近还有三个小土堆。子贡想:桑者木也,木旁堆土是个"杜"字;近处还有三个小土堆。可能姑娘排行第三,叫"杜三娘"①。子贡便向一位过路的樵夫问道:"村中可有个杜三娘?"樵夫顺口吟了一首诗:

"芦塘荻渚绕华堂,
　瑶草疏花傍粉墙,
　行过小桥流水北,
　其间便是杜家庄。"

颜渊、子贡按照樵夫的指点寻去,果然在庄里找到了杜三娘的家。敲门一问,开门的人说姑娘不在家,却送给颜渊、子贡一个大西瓜。正当颜渊捧着西瓜纳闷儿时,还是子贡脑瓜灵,想了想说:"送个西瓜,说明'子'在里面,人没有出去②。"于是,两个人又去敲门,这回出来的,是两个嘻嘻哈哈笑个不停的天真活泼的姑娘,对来人说:

① 这里写出了子贡的聪慧和善于观察的特点。
② 开门人送给颜渊、子贡一个西瓜,是想要考考他们。

能言善辩(néng yán shàn biàn):很会说话,善于辩论。
嘻嘻哈哈(xī xī hā hā):形容嬉笑欢乐的样子。

"不愧是圣人的大弟子,脑袋瓜还挺灵通呢!"接着问,"找我们何事?"二人便把途中遭遇的困难及用丝线穿九曲明珠的事,向姑娘述说了一遍。

"这有什么难办的!"姑娘轻松地说,"你们先用蜂蜜把丝线涂一涂,再去找个蚂蚁,把丝线拴在蚂蚁的腰上,让蚂蚁去钻那颗九曲明珠的孔。如果蚂蚁不肯钻,只需用烟熏一熏,蚂蚁自然就钻过去了①。"

二人谢过采桑姑娘,高高兴兴地回去向老师报告。他们按照采桑姑娘的办法去试,果然将丝线穿过了九曲明珠②。

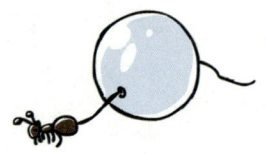

① 语言描写,写出了采桑娘不仅聪明,而且活泼可爱。
② 按照采桑姑娘的办法,孔子和他的弟子们成功地摆脱了险境。

灵通(líng tōng):灵活。

# 巧媳妇

- 人物介绍
  - 人物：巧姑
  - 身份：隔壁村王屠户的小女儿
  - 性格特点：聪慧过人、机智灵活

- 相关事件
  - 巧姑帮助张古老的三个儿媳妇解决了难题；
  - 巧姑巧妙地解决了张古老的刁钻难题；
  - 巧姑当家；
  - 巧姑利用知府的漏洞反唇相讥

- 人物介绍
  - 人物：张古老
  - 外貌：头发、胡子、连眉毛都是白的
  - 家人：四个儿子、四个儿媳妇
  - 特点：机智

## 故事梗概

　　本文主要讲述了张古老出难题考验儿媳妇、知府刁难张古老等小故事，塑造出张古老和巧姑等生动鲜活的人物形象。张古老和巧姑都是充满智慧的劳动人民的代表，他们从日常生活中积累智慧，虽不是学富五车、才高八斗，却也聪慧过人、机智灵活。

从前有个勤恳能干的老头儿叫张古老，他有一大份家业，拥有良田千顷、庄园若干；有四个儿子，叫大郎、二郎、三郎、四郎，四个儿子中只有小儿子四郎还没娶亲①。

　　一天清晨，张古老拿起一面铜镜照照自己，只见镜子里面，老头子头发白了，胡子白了，就连眉毛也全都白了②。

　　张古老心想：为了这个家，我忙活了大半辈子，也该享享清福了，干脆在三个儿媳妇里选个聪明伶俐的，把家交给她来当吧！

　　正这么想着呢，大嫂过来说："家翁，我娘家有事儿，想请个假，回去半个月。"

　　张古老计上心来，叫齐了三个儿媳妇，对她们说："如今农忙过了，你们都回娘家去歇歇吧。大儿媳回去半个月，二儿媳回去七八天，三儿媳也住个三五天，三妯娌有个伴，一同去，一同回。去时都带三只鸡、三只鸭，回时大儿媳给我带两艘无桨之船，二儿媳给我带九只无脚团鱼，三儿媳给我带三团纸包火。"

　　三个儿媳妇说说笑笑出了门，走了一段路后，发起愁来：大儿媳去半个月，二儿媳去七八天，三儿媳住三五天，去是一同去了，怎能一同回呢？

---

① 简单介绍张古老一家的家庭情况。
② 三个"白了"表明张古老感到自己老了，为下文张古老从三个儿媳妇中选一个"管家"做了铺垫。

勤恳（qín kěn）：勤劳而踏实。
伶俐（líng lì）：聪明；灵活。
妯娌（zhóu li）：哥哥的妻子和弟弟的妻子的合称。

# 巧媳妇

走到分岔路口,三个都想不出办法,只得坐在河边哭①。

河边埠头有个巧姑娘正洗衣裳呢,听见她们吵吵嚷嚷哭哭啼啼的,不由得笑起来:"这有啥难?七八天,七天加八天,正是十五天;三五天,三五一十五,亦是十五天;半个月也是十五天;一同去,一同回,路上结伴走,不是正好吗?"

三个儿媳妇一听,都拍拍脑袋:"是啊,我们怎么就没想到呢②?"

她们破涕为笑,但马上又发起愁来:"家翁叫我们带两艘无桨之船,九只无脚团鱼,三团纸包火。我们娘家哪有这等稀奇东西?"

那巧姑娘一听,又笑啦:"没有桨的船,不就是木屐吗?两艘无桨之船,即是一双木屐;无脚团鱼是豆腐,九只无脚团鱼,即是九块豆腐而已;纸包火便是灯笼,三嫂你带三个灯笼准没错③。"

三个儿媳妇听后连声道谢,分头回娘家去了。

过了十五天,三个儿媳妇说说笑笑,回到夫家来了。大儿媳妇带回来一双木屐;二儿媳妇带回来九块新鲜的水磨豆腐;三儿媳妇带回来三个灯笼。

---

① 家翁的"同去,同回"让三个儿媳妇有点为难,不知该怎么办。
② "拍拍"一词形象地写出了三个儿媳妇恍然大悟时的动作表现。
③ 以上写了巧姑娘帮助张古老的三个儿媳妇解开她们遇到的难题,表现了巧姑娘聪明的特点,同时也为下文张古老请人向王屠户"说亲"埋下了伏笔。

破涕为笑(pò tì wéi xiào):停止哭泣,露出笑容。指转悲为喜。
木屐(mù jī):木板拖鞋。

张古老一看，吃了一惊。原来她们带回来的礼物，一点儿也没有错①。他心里知道，这不是她们自己想出来的，便问她们道："你们三个是谁猜出了我的谜语？"

三个儿媳妇只好告诉他："家翁你的谜语啊，我们想破脑袋也想不出来，幸好在河边遇见个巧姑娘，她说七加八是十五，三乘五是十五，半个月亦是十五，让我们都回娘家待十五天。我们说家翁要的礼物太古怪，她就说无桨之船即是木屐，无脚团鱼正是豆腐，纸包火便是灯笼，都是寻常东西。"

张古老一听，马上出门打听那巧姑娘是谁家女儿。一打听，原来是隔壁村王屠户的小女儿王巧姑。张古老决定会会这个姑娘。这一天，张古老一直走到卖肉的草棚子里，连忙叫老板称肉。

王屠户不在家，巧姑走了出来，问道："客人，你要称什么肉？"

张古老说："我要皮贴皮，皮打皮，瘦肉没有骨头，肥肉没有皮。"

巧姑听了，一声不响，便走到案板那边去了。一会儿，就拿来了四个荷叶包包，整整齐齐地放在张古老面前。

张古老一看，一样是猪耳朵，皮贴皮；一样是猪尾巴，皮打皮；一样是猪肝，瘦肉没有骨头；一样是猪肚子，肥肉没有皮，一点儿也没有

① 张古老对三个儿媳妇能够猜出他的谜语感到吃惊。

古怪（gǔ guài）：跟一般情况很不相同，使人觉得诧异的；稀奇罕见的。

# 巧媳妇

错。他心里一喜，便想道：要是能让她当我的儿媳妇多好啊[1]！

张古老回到家里，马上请了一个媒人去向王屠户说亲。王屠户知道张古老的底细，和巧姑一商量，便答应了。不久，张古老选了个日子，把巧姑接了过来，和老四成了亲。

张古老得了这样一个聪明的儿媳妇，满心欢喜，平日里，特别看重她，还有心要她当家。

巧姑见公公对自己这样好，也非常尊敬他。

日子久了，大儿媳妇、二儿媳妇和三儿媳妇便有些不自在了，背地里叽里咕噜地说："公公有私心，只心疼老四媳妇，嫌弃我们[2]。"

张古老看出了她们的心思，他想：要使大家心服，非得想个法子才行。

这天，他把四个儿媳妇都叫来，对她们说道："我一天天老了，很难管好这个家了。我想把这个家交给你们来管，但是家里人口多，事情杂，要有个聪明能干的人才管得下。不知道你们中间哪个最聪明、最能干？"

四个儿媳妇一齐说："公公，你就试试吧！"

张古老说："好，我就试一下吧！试出来哪个最能干、最聪明，家就让她当。这是你们自己说的，以后不准埋怨啊[3]！"

大家同意了。

---

[1] 张古老提出的刁钻难题被巧姑轻松巧妙地解决了，再次表现出了巧姑的聪明。

[2] 三个儿媳妇认为张古老偏心，非常不满。

[3] 语言描写，写出了张古老在选管家接班人时的公平性。

张古老说:"会当家的人,会懂得节省,能把没有的东西做出来。我就在这点上出题目:要用两种材料,炒出十种材料的菜来;用两种材料,蒸出七种材料的饭来。哪个做得出,就是聪明能干的人,家就归她当。"说罢,张古老就转头问大儿媳妇:"你做得出吗?"

大儿媳妇一想:两种材料就只能当两种材料用,哪能当十种材料用呢?便说:"公公,你别闹着玩了,这哪里做得出来!"

张古老又问二儿媳妇:"你做得出来吗?"

二儿媳妇一想:平日蒸饭,都只用大米,顶多再加一两种材料,哪来的七种材料。便说:"公公,你别逗我们了,这哪里做得出来!"

"你做得出来吗?"张古老又回头问三儿媳妇。

三儿媳妇心想:两位嫂子都做不出来,我更不用说了,便没有作声。张古老知道三儿媳妇也做不出来的,便说:"想你们也做不出来。"最后,才问巧姑:"你呢①?"

巧姑想了想,说:"我试试看。"

巧姑走到厨房里,用韭菜炒鸡蛋,炒了一大碗,用绿豆和在大米里,蒸了一大盆,端到张古老面前。

张古老一看,说道:"我要的是十种材料的菜,怎么只有两种?我要的是七种材料的饭,怎么也只有两种?"

巧姑说:"韭菜加鸡蛋,九样加一样不是十样?绿豆和大米,六样加一样,不是七样②?"

① 张古老挨个问三个儿媳妇,她们都办不到。
② 巧姑利用谐音,解决了张古老的难题,说明她非常聪明。

## 巧媳妇

张古老一听,高兴极了,连声说对,当场就把钥匙拿了出来,交给了巧姑。

巧姑当家以后,把家里的事情,安排得妥妥帖帖,吃的穿的,都是自己做出来的,一家人过得舒舒服服①。

有一天,张古老闲着没事做,便坐在大门边晒太阳。突然,他想起自己过去的日子,年年欠债、受气。如今日子过好了,自由自在,真是万事不求人。一时高兴,顺手在地上捡了块黄泥块,在大门上写了几个大字:"万事不求人②"。

不料,当天知府坐着轿子,从这门前经过。他一眼便看见门上这几个大字,大吃一惊,心想:这人好大的胆子,敢说出如此大话来,这不是存心连我也没有放在眼里吗?好吧,我叫你来求求我!于是便厉声叫道:"赶快停下轿,给我把这个讲大话的人抓来③。"

衙役们马上凶恶地把张古老从屋里拖了出来。

知府一见,瞪着两眼说道:"我当是什么三头六臂,原来是个小老头。你说得出这种大话,想必有大本事。好吧!限你三日之内,替我寻出三件东西来。寻得到,今日之事就算了;寻不到,就治你个欺官之罪。"

张古老说:"老爷,是三件什么东西?"

知府说:"要一条大牯牛生的犊子;要灌得满大海的清油;要一

---

① 写出了巧姑不仅聪明而且勤劳,是一个管家能手。
② 张古老一时的兴奋给自己带来了灾难。
③ 知府认为张古老是故意挑衅,因此想教训他,表现出知府的嚣张。

块遮天的黑布。少一件,便叫你尝尝本府的厉害。"说罢,便坐着轿子走了。

张古老接了这份差事,掏空了心思,也想不出个办法来对付,整日里愁闷,饭也吃不下,觉也睡不着。

巧姑见了,便问:"公公,您老人家有什么心事,尽管跟我们说说吧!"

张古老说:"只怪我不该说大话,和你说了也没有用。"

巧姑说:"您老人家说吧,我说不定能想出个办法来呢。"

张古老只得把心事对巧姑说了①。

巧姑一听,说道:"您老人家说得对嘛,庄稼人吃自己的,穿自己的,本来就是万事不求人。您老人家放心吧,这差事就让我来对付②。"

过了三天,知府果然来了。一进门,便叫道:"张古老在哪里?"

巧姑不慌不忙地走上前说:"禀大人,我公公没在家。"

知府瞪着眼说:"他敢逃跑,他还有官差在身呢!"

巧姑说:"他没逃,是生孩子去了。"

知府奇怪起来了,说:"世上只有女人生孩子,哪有男人也生孩子?"

① 知府故意刁难张古老,布置了三个不可能完成的任务,"只得"表现出张古老的懊悔、无奈与巧姑的乐观、乖巧。
② 语言描写,巧姑安慰了张古老,说自己有办法对付。她会怎么应对呢?

## 巧媳妇

巧姑说:"您既知道男人不能生孩子,为什么又要大牯牛生犊子呢[①]?"

知府一听,没话可说。停了好久,只得说道:"这一件不要他办了,还有两件!"

巧姑说:"请问第二件?"

"灌海的清油。"

"这好办,请大人把海水抽干,马上就灌。"

"海那么大,怎么抽得干?"

"不抽干,海里白茫茫的一片水,油又往哪里灌?"

知府一下脸也羞红了,便叫起来:

"这一件也不要了,还有一件!"

巧姑说:"请问第三件?"

知府说:"遮天的黑布!"

巧姑说:"请问大人,天有多宽呢?"

知府说:"哪个晓得它有多宽,谁也没有量过。"

"不晓得天有多宽,叫我们如何去扯布呢?"

这一说,知府再也没有话回了,红着一张脸,慌忙地钻进轿子里,跑了。

---

[①] 巧姑利用知府话中的漏洞反唇相讥,知府搬起石头砸了自己的脚。

| 图说中国民间故事 |

# 董永遇仙

**董永**
- 生活环境：孤苦伶仃，艰难度日
- 身份地位：被封"孝廉"
- 性格特征：孝顺、温厚
- 主要事件：卖身→葬父→娶妻→赎身→分离→封官

**七妹**
- 身份地位：天上仙女
- 性格特征：善良、勤劳
- 特殊技能：织布
- 主要事件：下凡→下嫁→织布赎身→怀孕→离开→生子→交给董永养育

读懂经典文学名著，
爱读会写学知识
★ 听故事学知识
★ 跟名师精读名著
★ 名著读写方法指导

**董仲**
- 年龄：十一岁
- 身份：董永与七仙女之子
- 性格特征：坚毅执着、重情义
- 主要事件：上私塾→被嘲笑→问卦寻亲→上路→相见→哭求未果→返程

## 故事梗概

　　《天仙配》的故事家喻户晓，这个故事的主人公是董永。他家境贫寒，卖身葬父后感动上天，后来他深得七仙女的钟爱，两人演绎出一个流传千古的感人故事。

### 董永遇仙

　　我国古代有名的大孝子董永,母亲在他很小时就去世了,剩下他与父亲相依为命。但是祸不单行,董永十五岁时,父亲也亡故了。从此他一个人<u>孤苦伶仃</u>,艰难度日①。

　　董永家贫,父亲去世时,连埋葬的钱都没有。为了埋葬父亲,他愿意卖身为奴。

　　正好当时有个姓傅的老人,出钱买了他。他拿钱回家葬完父亲后,不敢耽搁,抓紧时间去给人家当佣人②。

　　走到半路,董永又累又热,便到一棵槐荫树下休息。不一会儿,路过一个女子,前来相问:"公子,你叫什么名字?这么热的天要去哪里啊?"

　　董永看看女子,脸一红,再一想该怎么说啊,于是就流下了悲伤的眼泪,说:"我叫董永,家住朗山脚下。由于家庭贫困,父亲病故,只好把自己卖给人家来换钱埋葬父亲。现在要前往傅老爷家,去做他的<u>家奴</u>。"

　　女子听完叹口气,说:"唉,你为什么去做家奴呢?"

　　"爹爹养我,怎能不报?为了爹爹,这又算得了什么!"

　　没想到听到这里,那女子竟也抽泣起来。原来,她也是孤苦无依之

---

① "祸不单行"说明了董永身世的悲惨。
② "卖身葬父",说明董永是一个大孝子;"不敢耽搁"说明董永又是一个诚实守信的人。这也正是七妹钟爱他的原因。

---

孤苦伶仃(gū kǔ líng dīng):形容孤独困苦,无依无靠。
家奴(jiā nú):旧时指私家的奴仆。

人，和董永可以说是同病相怜。

女子顿了顿说："我叫七妹，家住蓬莱山，来这里投靠亲戚，没想到，亲戚都已不在。我真不知道怎么办才好。"

董永一听，没想自己的难处，却不由得可怜起这个姑娘来了。想要帮帮她，又担心自己身世穷苦，不但帮不了她，反而会连累她①。那女子仿佛看穿了他的心事，对他说："公子，有缘千里来相会，我们又都是可怜之人，如果你不嫌弃，不如我们二人结为夫妇，一同前往傅长者家，也好有个照应。"

董永听后大喜过望，这不是天上掉馅饼吗？我自己那么穷，哪里还敢指望娶媳妇，如今，人家不嫌弃，我又怎么能拒绝呢②？马上答应道："承蒙你不嫌弃，我们现在就结为夫妻。"

说罢，董永一把拉过姑娘，在土地庙前跪下，向土地公公叩头跪拜："土地公公，今日我与七妹结为夫妇，请您为我二人做证。"

跪拜过土地公公，七妹又拉董永向槐荫树施礼："槐荫树，槐荫树，七妹与董永在树下结为夫妇，槐荫树便是我俩的媒人。"

两人在槐荫树下拜过天地，结为夫妇，从此结伴同行。

刚走出槐荫树，天上就下起雨来。董永忙撑开雨伞，夫妻二人默默

① 自己本来就够可怜的，可是却仍然为别人着想，此处的心理描写表现了董永的善良。
② 用反问句表现了董永内心的赞成、渴望与期待。

同病相怜（tóng bìng xiāng lián）：泛指有同样不幸遭遇的人互相同情。
大喜过望（dà xǐ guò wàng）：结果比原来希望的更好，因而感到特别高兴。

# 董永遇仙

走在伞下，往傅家走去。

来到傅家，老人家一看董永带来个女子，非常惊讶，问道："董永，你卖身葬父，说孤身一人无牵无挂，情愿到我家为奴——这件事，我们早就签好了契约。现在，站在大门旁边的女子又是怎么回事呢？"

董永就把路上发生的事情一五一十地给老人家说了："她是我的妻子，我不忍心看她一个人孤苦伶仃，就把她带在身边。以后我夫妇二人，一同在主人家为奴吧！"

老人一听，觉得这样也行，又问："她都会做什么啊？"

七妹走上前来，向傅长者施礼："我会织锦。如果我想用纺织的手艺为董永赎身，那需要织多少匹呢①？"

傅长者一听很高兴，因为他正需要一个会纺织的人。他回账房计算了一会儿，出来告诉他们："当时我花了一千贯钱买董永人身，你要赎他，就得为我织一千匹布。"

"没问题，我就从今天开始织吧！"

傅长者让家人把七妹带到纺织房，房间里有十斤蚕丝，三斤彩线。七妹二话没说，坐到织布机前织起布来。不一会儿，她就织出七彩绚丽的锦缎，上面有成双成对的鸳鸯和凤凰。锦缎织好了，她折

---

① 用直白的语言直接发问，突出了七妹对董永的关爱。

契约（qì yuē）：证明买卖、抵押、租赁等关系的文书。
一五一十（yī wǔ yī shí）：形容叙述时清楚有序而无遗漏。
赎身（shú shēn）：旧时奴婢、妓女等用金钱或其他代价换取人身自由。
绚丽（xuàn lì）：灿烂美丽。

叠好,放进箱子里。那些锦缎,无论白天黑夜,都散发着彩霞般的光辉①。

七妹只花了一日一夜,就用那十斤蚕丝和三斤彩线,织出了十匹锦缎②。

看到七妹的表现,傅家人都十分吃惊,他们没见过织得这么快,又这么好的人。董永也是又惊奇又欢喜,夸赞他的妻子说:"娘子啊,我从来没见过有人织得像你这么快又这么美的,莫非你是织女下凡?"

七妹微笑道:"我哪能比得上织女星呢?我只是七夕节拜过织女,得到过她的亲手指点而已,所以织得比一般女子快罢了。"

时间过得很快,转眼间,一个月过去了,七妹织成了三百匹锦缎,傅长者拿到集市上卖,卖得又快价格又好。

三个月零八天后,一千匹锦缎织好了,傅长者遵照约定,放他们二人回家了。这老头也是个讲理之人,说道:"董永,你娘子织的这一千匹锦缎,早就超过为你赎身的价值。你是苦命人,我不能亏待你,给你十两黄金,你们回家去也好过日子。③"

董永和七妹辞别主人,起身出发。走了一段时间,七妹走得累了,在土地庙前坐下,对董永说:"董郎,我身子困乏,心神疲累,很

① "织""折叠""放"等动词说明了七妹工作的认真、仔细。
② 写出了七妹高超的织锦技术和非凡的速度。
③ "不能亏待"一方面说明傅长者是一个诚实守信的老人,另一方面也暗含了老人对夫妻俩的美好祝福。

莫非(mò fēi):表示揣测或反问,常跟"不成"呼应。

## 董永遇仙

想喝水,你到那边村子讨点儿水给我喝吧。"

董永翻开包裹,找水罐,发现水罐旁有件小婴儿的衣裳,于是他明白了,原来七妹已经有了身孕。可是七妹却并没有那么高兴,董永也没有多想,讨了一罐水并摘了一些吃的东西——枣和梨。

没想到,娘子一见到枣子和梨子,泪水就流下来:"枣梨,早离——董郎啊,今天,我们两人的缘分尽了。"

"瞎说,如今,我夫妇俩不用再在傅家做奴仆,好日子才刚开始呢!"

"董郎,实不相瞒,我其实不是人间女子,我是天上的七仙女。只因为你卖身行孝,感动了天帝,天帝派我下凡,要我织锦百天,织成锦缎千匹为你赎身。我见你为人温厚,便与你结为夫妇。如今我俩已是恩爱夫妻,我又怀上身孕,但是,百日之期已到,我要回天宫复命,这不是要分离了吗①?"

说完,七仙女泪如雨下。董永听完,既惊讶又难过,让妻子请求玉帝开恩。七仙女却告诉他:"天女思凡,就已经注定没有好结局了。"接着又告诉他,如果生的是女儿,就把孩子留在天宫;如果是儿子,就送给董永抚养。将来他们一定会富贵的,并告诉他,不要泄露出去。说完,七仙女挥动衣袖,乘云归去,只留下董永一个人暗自神伤。

董永回到父母坟前,把发生的事情对故去的父母说了一番,又痛

---

① 这段内容字字动情,句句感人,正是七仙女对董永深厚感情的体现。

哭了一场，这才回家。过了一段时间，正赶上天下举孝廉，傅长者便向当地的官员举荐董永，说起他卖身葬父的事，官员很快送来皇帝表彰的诏书。皇帝亲自接见了董永，封他做"孝廉"，从此董永留在了京城做官，负责教导天下人尊长行孝。

转眼到了第二年春天，董永到郊野踏青游玩，有一个女子来到他面前交给他一个包在襁褓中的孩子："董郎，这是你的孩子董仲，七仙女不能亲自抚育他长大成人，以后要辛苦你了。"说完，那仙女就不见了踪影。再后来，董永娶了大户人家的女儿，生活得也很幸福。

一晃十一年过去了，董仲长到十一岁，他到私塾读书，同学嘲笑他："野孩子，你是个没有娘的野孩子①！"

董仲回到家，来到父亲跟前，向父亲哭诉："我亲娘在哪里？我一定要见我的亲娘！"董永很为难："你亲娘是天宫的仙女，我们见不到啊！"董仲听完，哭得更伤心了。

当时有个炼丹术士在董永家中做客，见董仲哭得可怜，就告诉董仲去找算卦的严君平先生。

董仲拿了十文钱，出了后门，来到长安市上，找到那严君平问卦。

严君平说："你亲娘是天上的七仙女，你是人间的凡人。你要见她，可是很难啊，要经过千辛万苦！"

① 同学的嘲笑深深地刺痛了董仲，这也成了他后来决心寻母的重要原因。

孝廉（xiào lián）：汉代选拔官吏科目，以孝顺亲长、廉能正直者为"孝廉"。

## 董永遇仙

董仲哭着跪倒在地,说:"只要能见到娘亲,就是千难万难,我也不会畏惧的①。"

严君平收了十文钱后,给他算了一卦,告诉他穿上铁鞋到昆仑山去,见到穿紫衣裳的那个仙女就是他的娘。

董仲当即穿上铁鞋,朝昆仑山走去。他走啊走啊,走了足足一百零八天,才来到昆仑山。在那里,他果然看到了七位仙女正在采草药。董仲跑向身穿紫色衣裳的仙女,跪在她的脚边,扯住她的衣裳:"娘亲,你把孩儿一个人丢在人间,孩儿好苦哇!"

紫衣仙女把董仲抱在怀里,安慰他,直到他停止哭泣,然后对他说:"孩子,这里是仙界,你是凡人,不可以久留,快快回去②。"

"娘亲,我千辛万苦来到这里,你为什么打发我走?"

"傻孩子,娘何尝不想你呢?可是如果玉帝知道,我们娘俩就麻烦了。"紫衣仙女从怀里取出一个金瓶,交给董仲,"这个金瓶我送给你,你拿去给严君平先生。"说完,山坡突然升起祥云,原来是仙女们回天庭了。

董仲眼看着母亲离去,徒留悲伤,他只好带着金瓶返回长安,把金瓶拿给严君平看。严君平手拿金瓶,翻来覆去地看,对那金瓶赞不

---

① "不会畏惧"写出了董仲寻母的决心。
② 这两段内容写出了董仲寻母的艰辛,以及母子相见后感人的场面。

畏惧(wèi jù):害怕。
翻来覆去(fān lái fù qù):一次又一次;多次重复。
赞不绝口(zàn bù jué kǒu):赞美的话说个不停,形容对人或事物十分赞赏。

绝口。

当他打开瓶盖时,从瓶里飞出一团天火,把他的家当烧得一干二净。从那时候起,人间再也不能知道天上的事情了。

# 帝舜孝顺

人物介绍
- 人物：舜
- 身份：黄帝的第八世孙
- 家人：父亲、继母、弟弟、妹妹、妻子
- 性格：善良
- 品格：孝顺

舜的一生：母死父盲→继母奸诈→异母弟欺侮→离家出走→开荒种田→仍然孝敬父母，关心弟弟妹妹→孝名远播→被尧选为继承人

## 故事梗概

舜一直尊敬父母，关心和爱护弟妹，对继母的责骂和无中生有的迫害毫无怨言，并默默承受，一直把最好的东西送给父母。尧认为舜很有德行，让他做了自己的继承人。

舜又称虞舜，是黄帝的第八世孙。他的父亲叫瞽叟（gǔ sǒu），是个盲人，母亲叫握登。舜的出生很有神话色彩。据说，有一天晚上，舜的父亲梦见一只凤凰，会说话，自名为鸡，嘴里衔着米来喂他，并对他说："我是来给你做儿子的。"他的妻子也觉腹中一动，自此有孕，后来生下一个儿子，起名叫舜①。

在舜三岁时，他的母亲便去世了，他的父亲又娶了一个妻子。一年后，继母生了个儿子，起名叫象；两年后，又生了个女儿，起名叫阔首。继母有了自己的儿女，总是虐待舜。象仗着母亲撑腰，也经常欺负舜。大概在舜九岁那年，象要舜趴在地上给他当马骑。舜爬得慢了一点，象不高兴，便向母亲告了一状。舜便遭到一顿毒打，遍体伤痕②。

邻人看不下去了，便对瞽叟说了实情。瞽叟听了，不但不去责备妻子，还以为是舜将挨打的事对邻人说了，又将儿子毒打一顿，并问舜道："你还敢去对别人说挨打的事吗③？"

舜流着泪说："做儿子的应该上敬父母，下带好弟妹，是我没哄好弟弟，挨打是应该的；如果因此觉得委屈，去向外人诉说，就是错上加错了！"

从此以后，舜便时时小心，生怕惹父母生气。而象则变得更加粗野，对舜处处找茬欺辱。后来，舜实在忍受不了父母和弟弟的欺凌，便

① 介绍舜的父母和他出生时神奇的事。
② 舜小时候受尽了继母和弟弟的虐待。
③ 舜的父亲是非不分，更能突出舜小时候处境的悲惨。

虐待（nüè dài）：用残暴狠毒的手段对待。

## 帝舜孝顺

来到渭水附近的一个山脚下。当人们了解到他的情况后,都对他深表同情,一致劝他留下来,并帮他盖了两间房子。舜在这里十分勤劳,自行开荒种植。秋天,他收了一批瓜果,挑出好的、大的,给父母送去①。

别人劝他说:"他们既然把你抛弃,你为什么还想着他们呢?"舜说:"做儿子的到什么时候都是父母的儿子,不论走到哪里,都不能忘记父母!"

瞽叟知道舜送来瓜果以后,不但不受感动,反而还想伺机把舜杀掉,但一直没有找到机会。然而舜却一如既往,对父母兄弟毫无怨言,始终把孝敬父母、关心弟妹,当作自己的义务②。他平时省吃俭用,勤劳耕作,源源不断地把积累下的财富全部送回家去,自己却一直过着清贫的生活。

舜的美德从此被传开了。

这一年,尧帝已八十岁了,感到力不从心,准备让位。有人建议让其长子丹朱继位,尧帝对众人道:"君王须以德布天下,丹朱不仅生性暴虐,且游手好闲,绝不可为君!"

后来有人提出,虞舜很有孝德。尧帝说:"我也久闻此人有德。"于是派人前去考察。回来报告的人说:"虞舜不仅孝德高尚,而且教人耕作捕捞,谦和待人,已被当地人推选为首领。"

尧听了以后,便立刻将虞舜召进宫中,把自己的两个女儿娥皇和女

---

① 父母那样对待他,他还把最好的瓜果给父母送去,可见他的孝顺。
② "义务"表现了舜孝顺的美德,为下文尧寻找他做继承人埋下了伏笔。

孝敬(xiào jìng):孝顺尊敬(长辈)。

英都嫁给了他,并让他协助治理部落。

虞舜在协助理政过程中,关心民众,发展生产,注重教化,赏罚分明,深受百姓拥护。诸部首领也都对他佩服得五体投地。于是尧便在临死前让他做了自己的继承人①。

① 因为舜的德行优秀,尧让舜做了自己的继承人。

五体投地(wǔ tǐ tóu dì):指两手、两膝和头着地,是佛教最恭敬的礼节。形容敬佩到了极点。

# 三个和尚

**故事简介**

地点：山上的一座破庙

人物：三个和尚

性格特点：自私、懒惰

事件：三个和尚谁都不愿意挑水，但寺庙的一场大火，让他们觉醒了，从此三个和尚齐心协力，自然就有水喝了

## 故事梗概

在一个破庙里，一个小和尚自己挑水喝，庙里的一切事务都被打理得井井有条。不久，来了一个高和尚，他们开始抬水喝，后来又来了一个胖和尚，他们相互依赖，谁也不去挑水，也就没了水喝，结果一场大火让他们觉醒了——从此三个和尚齐心协力，自然也就有水喝了。

从前有座山,山上有一个破庙,有一天,一个小和尚来到庙里,看见庙里的水缸没水了,就挑来水倒满了水缸,还给观音瓶子里加满了水,干枯的柳枝也恢复了生机。他每天挑水、念经、敲木鱼,夜里不让老鼠来偷东西,生活过得安稳自在[①]。

不久,来了个高和尚。他渴极了,一到庙里,就把半缸水喝光了。小和尚让他去挑水,高和尚心想一个人去挑水太吃亏了,要小和尚和他一起去抬水。于是,两个人抬着一只水桶去山下取水,抬水的时候水桶务必放在扁担的中央,要是不在中间,两个人就推来推去,谁都不想多出一点力气[②]。

后来,又来了个胖和尚。他也想喝水,但恰好缸里没有水了。小和尚和高和尚让他自己去挑,胖和尚挑来一担水,放下水桶就立刻咕咚咕咚地大喝起来,桶里的水被喝了个精光[③]。

之后谁也不去挑水,从此三个和尚就没水喝了。

大家各念各的经,各敲各的木鱼,观音菩萨面前的净水瓶再也没人添水了,柳枝也枯萎了。夜里老鼠出来偷东西,谁也不管。结果老鼠打翻烛台,燃起了大火。和尚们慌了神,三个和尚这才一起奋力救火,大火扑灭了,他们也觉醒了。

① 这里写出了小和尚一个人在庙里过着安稳自在的生活,和下文三个和尚的生活形成了鲜明的对比。
② 两个和尚挑水时,谁都不想多出力。
③ 胖和尚自己打了水,但是一点也没给小和尚和高和尚留。

枯萎(kū wěi):干枯萎缩。

# 三个和尚

从此三个和尚齐心协力,自然也就有水喝了①。

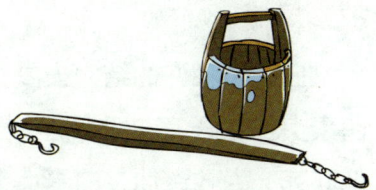

① 大火事件之后,三个和尚吸取教训不再偷懒。

齐心协力(qí xīn xié lì):思想认识一致,共同努力。

太有趣了，名著！ | 图说中国民间故事 |

# 白蛇传

白蛇
- 人物身份：修炼千年的白蛇
- 性格特点：有情有义、敢作敢当
- 相关事件：嫁给许仙，水漫金山，被压雷峰塔

法海
- 人物身份：和尚
- 性格特点：多管闲事
- 相关事件：扣押许仙，斗法金山寺

## 故事梗概

　　白素贞和许仙结为夫妻，婚后，金山寺的和尚法海告诉许仙白素贞乃蛇妖，许仙将信将疑。后来白素贞现出原形，不慎将许仙吓死，为救许仙，白素贞上灵山盗取仙草灵芝。法海将许仙骗至金山寺并软禁，白素贞同小青一起与法海斗法，水漫金山寺。白素贞生下孩子后被法海收入钵内，镇压于雷峰塔下。十八年后，小青将白素贞救出，一家人得以团聚。

## 白蛇传

传说在四川峨眉山的一个洞里,住着一条修炼一千年的白蛇和一条修炼八百年的青蛇。她们虽是蛇精,却心地善良,从不和人作对①。

一天,白蛇和青蛇耐不住洞中的寂寞,就瞒着师父黎山老母,变作两位美丽的姑娘,一个叫白娘子,一个叫小青,来到人间天堂——杭州游玩。

两人正在西湖断桥边看荷花,忽然间乌云密布,电闪雷鸣,一场倾盆大雨眼看就要泼下来②。白娘子和小青既没带伞,又不便在众人眼皮底下变身,正着急着,一位老实的后生走上来说:"两位小娘子用我的伞吧。"两人感激不尽,并约好第二天到府上还伞。

第二天,白娘子和小青按后生留下的地址找到钱塘门,才知后生姓许名仙,父母双亡,寄住在姐姐家,现在在一家药店当伙计。白娘子见许仙忠厚老实,心地善良,有意和他结为夫妻。许仙当然打心眼里高兴,当时便由小青撮合,二人结为夫妻。

许仙成家后搬出姐姐家,和白娘子在西湖边开了一家药店。由于许仙人缘好,手脚勤快,白娘子神通广大,什么草药都找得到,他们的药店生意越来越红火。

一天,许仙正在柜台里做生意,门外进来一个化缘的和尚。那和尚一见许仙,忙说:"阿弥陀佛,贫僧是镇江金山寺的住持法海。今见施

① "心地善良"是这两条蛇的特点,为下文故事的发展奠定了基础。
② 环境描写,当时天气恶劣,形势紧急,渲染了一种紧张的气氛。

撮合(cuō he):从中介绍促成。
化缘(huà yuán):僧尼或道士向人求布施。

主面带妖气，想必家中有妖怪？"

许仙大吃一惊，说："家中只有妻子和一个丫鬟，哪来的妖怪？"法海道："既然如此，可能你那妻子就是妖怪。你先不要声张，等端午节时引她喝下一杯雄黄酒，一切便知。日后有事，可到金山寺找我。"

端午节那天，白娘子在丈夫的好言相劝下喝了一口雄黄酒，马上感觉头昏眼花，忙叫小青扶她回房休息。隔了好一会儿，许仙不见白娘子，进房掀帐一看，只见一条水桶粗的白蛇横在床上，浑身冒着酒气①。许仙当场吓得"哎呀"一声，仰面跌倒在地，死了。

许仙的惊叫唤醒了白蛇。她道行很深，马上又变成人形。看见许仙被吓死了，白娘子慌了神，手忙脚乱地和小青一起把许仙抬上床，说："妹妹，我只有上灵山盗采灵芝草，才能救活官人。"小青忙拦道："姐姐，你现在已有身孕，这一去凶多吉少哇！""管不了那么多了，我去了！"说罢，白娘子驾起云头，直奔灵山②。

守护灵芝草的灵山鹿兄鹤弟可不是省油的灯。他俩持剑拦住已盗得仙草的白娘子，三人打斗在一处。白娘子无心恋战，只求尽快脱身离去，加上自己已有身孕，功力大打折扣，斗了几十个回合，早已是精疲力竭，披头散发。但为了救丈夫的命，她只能发狠苦斗。

"住手！"随着一声断喝，只见山主南极仙翁缓缓走上前来。白娘

---

① 白蛇在喝了雄黄酒后，现出了原形。同时，验证了前面和尚所说的话。
② 白娘子为救许仙，不顾自己怀有身孕，只身前往灵山盗取仙草，表现出她的心地善良和对许仙的深深的爱。

## 白蛇传

子自知理亏,赶忙上前拜见。南极仙翁一声长叹:"你尘缘未了,该此一劫。快快去吧!"白娘子大喜,拜了三拜,一阵风似地赶了回去。

吃了灵芝草,不一会儿,许仙就慢慢睁开眼睛。白娘子长嘘一口气。许仙一见白娘子,吃惊地喊道:"你……你……"白娘子连忙安慰他:"官人,刚才你看见的白蛇已被我杀死了,我扶你去看看。"许仙看见一条水桶粗的白蛇被杀死在院里,将信将疑。一天,他假托要到镇江金山寺还愿,就一个人动身前往[①]。

法海一见许仙便说:"施主,你脸上的妖气更重了。"许仙十分疑惑:"可我的妻子和常人并没什么两样啊?"法海道:"那是她道行深的原因。施主放心,不出一个月,老僧定会将她捉住,镇在宝塔下面,叫她永远不能再迷惑人。"

许仙一听这话,想起妻子的万般好处,平时对自己的温柔体贴,忙说:"老法师,谢谢你的好意。不管你怎么说,我都不相信我妻子是妖怪。这是我们夫妻俩的事,今后不必你烦心了。"说着便要离开。法海让徒弟拦住许仙,说:"施主现在不能走,否则你会越陷越深。"法海硬把许仙留在了金山寺[②]。

过了几天,白娘子见丈夫还没回家,心中不安,便和小青一起上镇江金山寺来寻许仙。法海手持金钵,拦住二人道:"大胆妖怪,竟敢寻上门来。真是天堂有路你不走,地狱无门你偏行。"

一旁的小青圆睁双眼喝道:"老秃驴,快把我姐夫放出来,万事皆

---

① 白娘子的行为引起了许仙的怀疑,他决定去找法海探寻真相。
② 一个"硬"字,表现了法海的无情和霸道。

休，否则踏平你这鬼寺！"法海一听火冒三丈，大红袈裟一飘，舞动禅杖，和小青斗在一起。

白娘子因道行不及法海，又有孕在身，忙拔下金钗，迎风一晃，转眼滔滔江水汹涌而来，把金山寺团团围住。一群虾兵蟹将舞刀弄棒，杀上金山寺。

法海大吃一惊，慌忙脱下袈裟，向空中一甩，罩住金山寺。结果洪水涨高一尺，金山寺升高一尺，因此总是淹没不了。双方相持好几个时辰，最后白娘子只好退掉洪水，返回杭州①。

白娘子水漫金山，许仙终于明白妻子并非人类。说来奇怪，许仙这时反倒踏实了，觉得妻子比许多常人更可爱，更温柔、善良。

一天，他趁法海不注意，偷偷跑出金山寺，赶回杭州②。白娘子不在家，他赶到他们第一次见面的断桥，看见白娘子和小青正坐在一条船上。

小青一见许仙，劈头就问："你还有脸来？你怎么不带那秃驴一道来捉我们？"白娘子也说："官人，你我夫妻一场，你总得知道我的为人……"说着说着，眼泪忍不住流了下来。

许仙非常难受，诚恳地说："娘子，是我一时糊涂，我对不起你。"于是二人和好如初，一同回家了。

几个月后，白娘子生下一个白白胖胖的儿子，全家都高兴得合不

① 白娘子和法海的打斗场面，富有神话色彩。
② 许仙想到了妻子的优点，不在乎妻子是否是人类，决定偷偷去找妻子。

诚恳（chéng kěn）：真诚而恳切。

# 白蛇传

拢嘴。满月这天,许仙正高高兴兴地办宴席,谁知法海又手持金钵上了门。

许仙忙说:"老法师,我妻子到底是人是妖,是好是坏,我比谁都清楚。但我很爱她,她也很爱我,请你再也不要破坏我们的幸福了①。"

法海道:"阿弥陀佛,施主。不管她如何变化,她始终是蛇精,是蛇精就一定会害人。老僧这是为你好。"说着便闯进门来,悬起金钵,对准白娘子罩来。可怜白娘子产后未完全恢复,无力反抗。

小青正要冲过来与法海拼命,白娘子急忙喊:"小青快逃!他不敢杀我。你练好本领再来救我,快走!"金钵罩住了白娘子,法海便把她镇压在西湖边的雷峰塔下,自己也在西湖边的净慈寺住了下来②。

小青逃回峨眉山,苦练十八年后,信心百倍地来净慈寺找法海报仇。二人斗了几十回合,法海毕竟年纪大了,只有招架之功,哪有还手之力?小青越战越勇,忽见她手起剑落,削向附近的雷峰塔。只听轰隆隆一阵巨响,雷峰塔倒了下来,白娘子又恢复了人形,上来与小青夹攻法海。

法海慌不择路,一个金蝉脱壳,跳进西湖,躲到一只螃蟹的硬壳里

① 许仙的话表明了他和白素贞之间感情深厚,夫妻恩爱,并不计较妻子是人还是妖。
② 法海趁白娘子无力反抗的时候把她镇压在了雷峰塔下。

镇压(zhèn yā):用强力压制,不许进行活动(多用于政治)。
慌不择路(huāng bù zé lù):形容惊慌、忙乱得顾不上选择道路。
金蝉脱壳(jīn chán tuō qiào):比喻用计脱逃而使对方不能及时发觉。

面。据说至今人们还能在螃蟹壳里看到缩成一团的老法海呢[1]。

白娘子被救出，许仙和白娘子、小青又见面了，还带来已长成英俊小伙的儿子。一家人紧紧地抱在一起，流下了幸福的泪水。

## 雷峰塔

雷峰塔又名皇妃塔、西关砖塔，位于浙江省会杭州市西湖风景区南岸夕照山的雷峰上。雷峰塔为吴越忠懿王钱弘因黄妃得子而建，初名"皇妃塔"，因地建于雷峰，后人改称"雷峰塔"。

旧雷峰塔已于1924年倒塌，后重建，新建的雷峰塔为中国首座彩色铜雕宝塔。雷峰夕照为西湖十景之一，是西湖重要景区之一。

---

[1] 法海的结局，让人看后，大快人心。

# 宝莲灯

- 喜结连理
  - 相关人物：三圣母、刘彦昌
  - 事件起源：刘彦昌求签未遂，题诗埋怨
  - 过　　程：求签→题诗→作法施惩→日久生情→离别赶考

- 事件影响：玉帝震怒，三圣母被二郎神压在华山西峰下。沉香出生后被刘彦昌抚养长大

- 劈山救母
  - 起因：决心救母
  - 过程：学习武艺→灵芝盗斧→灵芝化石→劈山救母

## 故事梗概

　　三圣母喜欢上了凡人刘彦昌，便嫁他为妻。玉帝知道后，派二郎神前去捉拿，二郎神把三圣母压在华山下面。三圣母的儿子刘沉香得知身世后，苦学武艺，最终劈山救出母亲，一家团聚。

在华山西峰上，有一块巨石，拦腰断为三截，石下的空间宛如一个妇人仰卧时留下的印痕，形象生动，这就是斧劈石。世间流传的沉香劈山救母的故事就发生在这里。

相传，三圣母住在西岳庙内的雪映宫里，百姓求签问卜，无不异常灵验，所以宫内一年四季香火兴旺。人们都亲切地称她为三娘娘①。

一年春天，一位姓刘，名玺（xǐ），字彦昌的书生进京赶考，华阴是他的必经之地。他听说西岳庙里的三娘娘非常灵验，就毕恭毕敬地走进庙里，虔诚地上了一炷香，叩了三个头，想问一问自己的前途如何②。不料，那天三圣母恰巧不在宫中，刘彦昌连抽三签都是空签。想到十载寒窗，却功名无望，刘彦昌不由悲从心中来，便写了一首打油诗，题在雪映宫的墙壁上。在这首惹起事端的诗里，刘彦昌这样写道："刘玺提笔怒满腔，怨乃圣母三娘娘。安居神龛（kān）心如铁，枉受香火在一方。"写完了诗，刘彦昌顿觉舒服了许多，看了看四周的景色，然后扬长而去。

当天，三圣母回到宫中，看到墙上的诗，非常气愤。她的随身丫鬟灵芝看到诗后更是义愤填膺，决定为娘娘出气。于是她就唤来风伯雨师和雷公电母帮忙。

---

① 说明了这是一位善良的神仙。
② 神态与动作描写，可以看出刘彦昌对三娘娘的信任，他很想知道自己的前程。

灵验（líng yàn）：（办法、药物等）有奇效。
虔诚（qián chéng）：恭敬而有诚意（多指宗教信仰）。
义愤填膺（yì fèn tián yīng）：胸中充满义愤。

# 宝莲灯

当时，刘彦昌正在赶路。突然之间，晴朗的天空一下子乌云密布，刹那间狂风大作，电闪雷鸣，暴雨如注。还没有等回过神来，他已变成了一只落汤鸡。可怜他一介书生，手无缚鸡之力，没挣扎几步，就跌倒在泥泞中①。圣母怨恨已消，心中大快，便令四位仙师收去云雨。她站在云头向下仔细一望，这才发现倒在地上的竟是一位眉清目秀、弱不禁风的白面书生。只见他的蓝衫上沾满泥水，书箱倾翻一旁，文房四宝散落一地。她一想到这场风雨说不定会断送这位书生的前程，不由得心中一颤。灵芝见刘彦昌的狼狈相，早动了恻隐之心，又看三圣母对刘彦昌心生爱慕，更欲成人之美，连忙说："那书生并无恶意，这场风雨也太猛了些。我们可不能见死不救啊②。"

说着，她纤指一点，一座竹篱茅舍出现在眼前。一位老婆婆和一位姑娘走过来把刘彦昌扶进了屋里，为他熬药煎汤，照顾得无微不至。刘彦昌也在这细致入微的照顾中醒过来了，但身体却还是十分虚弱。虽然大考在即，但无奈身体不饶人，只得在这住下来。随着刘彦昌和姑娘的相处，他们互生爱慕。在老婆婆的撮合下，他们最终喜结连理。

可是，考试已在眼前，刘彦昌不敢久留，于是约定归期，然后依依不舍地参加考试去了。

这村姑和老婆婆正是三圣母和灵芝所变。

俗话说，这世上没有不透风的墙，所以，这件事也慢慢地传到了玉

① "挣扎""跌倒"说明了刘彦昌此时非常无助，狼狈至极。
② 聪明的灵芝此时已看出三圣母对刘彦昌有情，便说出此番话，让他们有机会相处，促成一段好姻缘。

恻隐（cè yǐn）：对受苦难的人表示同情；不忍。

帝的耳朵里。玉帝大为震怒，便派二郎神前去捉拿三圣母。二郎神来到雪映宫，斥责三圣母违犯天规，罪责难逃。三圣母却表示，宁可不当神仙，也要与刘彦昌白头偕老①。二郎神一气之下，把三圣母压在了华山西峰的石头下。

刘彦昌辞别三圣母后，到京城赶考，榜上有名，很快被朝廷派往洛州出任知县。他春风得意，急于回家团聚。可是当他再次回到相约的地方之后，发现没有什么竹篱茅舍，更没有什么老婆婆与村姑。刘彦昌欲哭无泪，伤心欲绝，只好独自一人去洛州赴任了。

此时被压在华山西峰的三圣母已经怀有身孕，不久便生下了一个儿子，给他取名为沉香。三圣母用血书包好沉香，让灵芝送给刘彦昌。

当刘彦昌见到灵芝后，才知道自己的妻子原来是三圣母。刘彦昌被三圣母的深情感动，也为妻子被压在华山下气愤不已。但作为一介凡人，他又能怎样②？只好一心一意地抚养沉香。

时光荏苒，很快，沉香已是十四五岁的少年了。当他知道自己的身世时，痛苦万分，他暗暗下定决心，一定要救出母亲。

灵芝为了使沉香练出一身能够战胜二郎神的武艺，也为了能从天官盗出最神秘的武器——神斧，以便今后助沉香打败二郎神，她不惜毁了

---

① "宁可……也要……"这对关联词语的运用，表现出三圣母对爱情的忠贞和坚定。
② 一个反问句表达出了刘彦昌的无奈。

白头偕老（bái tóu xié lǎo）：夫妻共同生活到老。
春风得意（chūn fēng dé yì）：形容人官场腾达或事业顺心时扬扬得意的样子。
时光荏苒（shí guāng rěn rǎn）：指时间或者光阴渐渐过去。

## 宝莲灯

自己千年修炼来的道行，化身为石①。

在灵芝的帮助下，沉香不但获得了神斧，而且学会了一身超强武艺。当沉香觉得报仇救母的时机已到时，他便怀着满腔的仇恨来到华山。

但偌大一个华山，到处巨石林立，哪里才是母亲被压之处呢？沉香找来找去总是找不到，急得放声大哭，一直哭得天昏地暗，日月无光②。这时，连山神也被沉香的哭声感动，他小心翼翼地出来指点说："可怜的孩子啊，你娘就压在莲花峰下面。"沉香遵照山神的指点，举起神斧朝西峰顶端奋力劈下。只听轰隆一声，天摇地动，巨石拦腰断为三截。

此后，多事的二郎神又来惹是生非，沉香凭一身神武的本领将二郎神打败了。这时，刘彦昌也辞去官职，历经磨难的一家人终于团圆了，一家三口幸福地过着日子。只是，那位忠诚的灵芝已经不能再看到这幸福的一家了……

① "不惜"表现了灵芝的忠诚。
② "天昏地暗""日月无光"表明沉香非常悲伤。

小心翼翼（xiǎo xīn yì yì）：形容举动十分谨慎，丝毫不敢疏忽。

太有趣了，名著！ |图说中国民间故事|

# 葫芦娃

- 春姐
  - 性格特点：心地善良、心灵手巧
  - 特　　长：织布
  - 相关事件：救助小燕子，种葫芦，被绿脸妖怪抓走

- 葫芦娃
  - 来历：小燕子送给春姐的葫芦籽长出来的
  - 性格特点：聪明、伶俐、懂事、勤劳、勇敢
  - 相关事件：解救春姐

## 故事梗概

　　春姐救了一只小燕子，小燕子便送给春姐一粒葫芦种子作为答谢。不久，葫芦种子长出了一个葫芦，从葫芦里跳出了一个葫芦娃，与春姐一家人幸福地生活在一起。后来，妖怪抓走了会织布的春姐，葫芦娃历经艰险，救出了春姐。

## 葫芦娃

很久以前,有一位老妈妈,她有一个女儿叫春姐。春姐不仅心地善良,而且心灵手巧,织得一手好布。一天,春姐正在院子里织布,一只受了伤的小燕子掉在了春姐面前。春姐赶忙捧起小燕子,给它包扎伤口。在春姐的悉心照料下,小燕子的伤很快就好了,又能飞来飞去啦!春姐依依不舍地看着小燕子飞走了①。

过了几天,小燕子又飞回来了,把衔着的一粒金黄色的葫芦种子送到春姐手里。春姐把这粒种子种在了院子里,不过几天的工夫,种子就发芽、长藤、开花,然后结出了一个大葫芦。春姐伸手摸摸这个大葫芦,突然,只听"咔嚓"一声,葫芦裂开了,从里面蹦出来一个白白净净、胖乎乎的小娃娃。小娃娃头上顶着两片葫芦叶子,看上去可爱极了。春姐和老妈妈高兴得不得了,管这个小娃娃叫"葫芦娃②"。

别看葫芦娃个头儿不大,可他却是个聪明、伶俐、懂事、勤劳的小娃娃。他帮老妈妈纺线,帮春姐织布,三个人在一起生活得非常愉快③。这一天,突然狂风大作,大风刮过之后,在院子里织布的春姐就不见了。老妈妈和葫芦娃都急坏了,他们到处找也找不到春姐。这时候,一只蝴蝶飞过来,着急地说:"春姐被聚宝山的一个绿脸妖怪抓走了,赶快去救她吧!"葫芦娃谢过了蝴蝶,对老妈妈说:"您在家等着,我去把春姐救回来!"

葫芦娃翻过了高高的山,渡过了宽宽的河,穿过了森林,走过了

---

① 春姐救助了小燕子,表现了春姐的善良。
② "葫芦娃"的出现,具有传奇色彩。
③ 葫芦娃和春姐一家幸福地生活在一起。

依依不舍(yī yī bù shě):形容舍不得离开。

沙漠，忍受着饥渴的折磨，不畏艰险，终于来到了聚宝山①。葫芦娃在一间石头屋子前听到了春姐的哭声。原来，绿脸妖怪把春姐抓来给他织布。葫芦娃偷偷地进了山洞，找到了一边织布一边哭泣的春姐。春姐看到葫芦娃，破涕为笑，小声地说："打开这间石头屋子的钥匙就拴在绿脸妖怪的手腕上。"葫芦娃决定去绿脸妖怪那里偷钥匙，春姐嘱咐他说："绿脸妖怪十分厉害，你一定要小心。"葫芦娃向春姐挥了挥小拳头，说："没事，我一定会救你出去的，等着我。"葫芦娃悄悄走进绿脸妖怪住的山洞里，那绿脸妖怪正睡觉呢。葫芦娃来到绿脸妖怪的身边，小心翼翼地取下它手腕上的钥匙，赶紧往外走②。

正在这时，绿脸妖怪醒了。他看见了葫芦娃，气得大叫着："你这个小东西，竟敢偷我的钥匙！"绿脸妖怪朝着葫芦娃扑了过去。机灵的葫芦娃左躲右闪，绿脸妖怪就左扑右扑，却怎么也抓不到葫芦娃。绿脸妖怪气急败坏地追着葫芦娃。葫芦娃飞快地爬到了一根大柱子上，冲着绿脸妖怪喊："我在这儿呢！"绿脸妖怪爬不上去，就恶狠狠地咬起柱子来③。

突然一声巨响，柱子断了，山洞倒塌了，绿脸妖怪被落下来的乱石压在了里面。葫芦娃呢，他早就从山洞里跑出来了。他用钥匙打开了石头屋子的门，救出了春姐，一家人又过起了快乐的生活④。

① 环境描写，突出了葫芦娃寻找春姐的艰难。
② "小心翼翼"一词，足见葫芦娃的沉着、冷静。
③ 葫芦娃智斗绿脸妖怪的经过，表现了他机灵、有智慧的一面。
④ 葫芦娃救出了春姐，他们又快乐地生活在了一起。

折磨（zhé mó）：使肉体上、精神上受痛苦。
倒塌（dǎo tā）：（建筑物等）倒下来。

# 牛郎织女

- 人物介绍
  - 人物名称：牛郎
  - 家庭情况：父母双亡，哥嫂嫌弃，河边草棚，黄牛为伴
  - 性格特征：憨厚朴实、心地善良
  - 生存技能：种地、编筐、打篓

读懂经典文学名著，
爱读会写学知识
★ 听故事学知识
★ 跟名师精读名著
★ 名著读写方法指导

- 人物介绍
  - 人物名称：织女
  - 身份地位：天帝的孙女，仙女之一
  - 性格特征：吃苦耐劳
  - 生存技能：织布

- 故事简介
  - 起因：黄牛牵线→喜结良缘→生儿育女→王母震怒→织女被抓
  - 过程：带子追妻→黄牛舍身→王母阻挠→化作星辰→隔河相望
  - 结果：王母动情→七夕鹊桥相会

## 故事梗概

　　从小孤苦伶仃的牛郎，与老黄牛相依为命。到了成家的年纪，神通广大的老黄牛指点牛郎与织女相识，两人相爱。然而好景不长，王母娘娘知道这件事后将两人拆散，从此二人天各一方，想见一面变得异常困难。

图说中国民间故事

很久以前的一个村子里，有一个憨厚朴实、心地善良的小伙子叫牛郎。牛郎从小父母双亡，哥嫂嫌弃他，给他一头老黄牛，让他自己过日子。

牛郎在河边搭了一个草棚，靠种地、编筐、打篓过活，和他唯一的朋友——老黄牛相依为命，有什么话牛郎总是说给老黄牛听①。

一天，老黄牛对他说："牛郎，你该娶媳妇啦！"牛郎笑笑说："家徒四壁的，谁肯嫁给俺呀！"老黄牛悄声说："我愿意为你指点迷津。明晚你到河边去，有七个仙女会下凡来河中沐浴，你不妨拾一件纱衣，或许能获得有缘之人的青睐。"牛郎记住了老黄牛的话。

第二天晚上，牛郎将信将疑地来到河边，果然看到天上飞下来七个仙女在河中沐浴。牛郎想起老黄牛的话，将其中的一件粉色纱外衣拾起，置于一棵矮树上。不一会儿，其他仙女们洗完澡后穿上衣服飞上了天，这时年纪最小的织女却找不到自己的外衣裳了，她急得在河边打转，欲哭无泪。这时牛郎从矮树后走了出来，将衣服还给了织女，并真诚地请求织女原谅他的冒失，牛郎对她说："我对姑娘一见钟情，知道姑娘是天上的仙女，急于认识，才如此冒失！"织女看到牛郎真诚地交待了事情的原委，打量了牛郎一番后，觉得他憨厚老

① 交代了牛郎和老黄牛的亲密关系，这也是后面老黄牛两次帮助牛郎的原因。

家徒四壁（jiā tú sì bì）：家里只有四堵墙，形容十分贫穷。
欲哭无泪（yù kū wú lèi）：想哭可是没有泪水。形容人焦急、忧虑而又无法表达的样子。

## 牛郎织女

实，竟倾心于他①。

二人两情相悦，结为了夫妻。从此以后，他们每天辛勤地干活，男耕女织，生活过得很美满。不知不觉三年过去了，牛郎和织女养育了一男一女两个孩子，一家人过得其乐融融②。

王母娘娘知道了这件事后非常气愤，她派天兵天将前去捉拿织女。那天，晴朗的天空忽然间乌云密布，狂风大作，雷电交加，好像一场灾难就要来了一样③。正在农田里干活的牛郎急忙赶回家中，却看到天兵天将正驾着黑云拉着织女要上天去。情急之下，牛郎随手拿过箩筐，挑上两个孩子就去追。可他不是神仙，不会腾云驾雾，哪里追得上呢？只好眼睁睁地看着织女被抓走。牛郎正不知所措时，老黄牛又说话了："牛郎，我快要死了。等我死后，你把我的皮剥下来，披上我的皮你就能飞上天去追织女了④。"说完，老黄牛就倒在地上死了。看到忠心陪伴自己的老黄牛死去，牛郎心如刀绞，痛苦万分。他哭着剥下老黄牛的皮，挑起孩子，披上牛皮，飞上了天追赶织女。牛郎越飞越快，眼看着就要追上织女了。这时，王母娘娘拔下头上的银簪，在他们中间画了一条线，顿时，那条线变成了一条波涛翻滚、汹涌澎湃的银河，把

---

① 误打误撞，织女被牛郎的真诚打动。
② "不知不觉"说明时间过得快，也说明了他们过得美满幸福。
③ 环境描写为即将发生的悲剧做铺垫。
④ 简单而又朴实的语言，展现了老黄牛的忠诚。

腾云驾雾（téng yún jià wù）：传说中指利用法术乘云雾飞行。
汹涌澎湃（xiōng yǒng péng pài）：形容声势浩大，不可阻挡。汹涌，（水）猛烈地向上涌或向前翻滚。

牛郎织女分隔在了河的两边。牛郎在河这边哭着呼唤织女；织女在河那边哭着呼唤牛郎和孩子。转眼间，牛郎化作了一颗星星，他们的孩子也化作了两颗星星，织女化作了织女星，隔着银河，他们永远悲伤地相望着，却不能相见。

　　后来，王母娘娘被他们真挚的感情感动了，于是下令每年农历七月初七晚上，天下所有的喜鹊飞上天来搭一座鹊桥，让牛郎和织女在鹊桥上相会一次。而每次相会，他们都会流下相思的泪水。这泪水落到地下，就成了雨。这就是每年农历七月初七下雨的原因——那正是牛郎织女相会时伤心的眼泪①。

---

① 结尾充满了浪漫主义色彩，让人浮想联翩。

# 仓颉造字

- **人物介绍**
  - 人物名称：仓颉
  - 生活时代：黄帝时期
  - 身份地位：黄帝臣子，掌管记事
  - 主要成就：创造新文字，甲骨文和象形文字产生

- **造字原因**
  - 结绳记事→复杂的事无法记录
  - 黄帝问事→时间久远、忘记
  - 仓颉→创造新的记事方法

- **造字经过**
  - 下雪→看见脚印→思考→造字→龟壳刻字→甲骨文、象形文字产生

读懂经典文学名著，爱读会写学知识
★ 听故事学知识
★ 跟名师精读名著
★ 名著读写方法指导

## 故事梗概

黄帝时期，仓颉负责掌管记事，但由于没有文字，记事很不方便。后来，仓颉从雪地上的鸟兽脚印得到了启发，创造出了原始象形文字。

以前，在人类还没有发明文字时，为了方便记事，伏羲发明了结绳记事的方法，但是这种记事方法不能记录复杂的事情。

一次，黄帝向掌管记事的仓颉询问以往的一件大事，因为年代久远，仓颉也说不清事情的来龙去脉了。尽管黄帝没有责怪他，但是却让仓颉意识到结绳记事的不便。从此以后，仓颉每天都在思考记事的简便方法①。一转眼，半年的时间已经过去，眼下已经进入了冬天，仓颉对造字却一筹莫展②。

有一天，天空下起了大雪，覆盖了整片大地，只见山上白雪皑皑，山川树木全被大雪覆盖。

仓颉在早上打猎的时候，看见了山鸡的脚印和鹿的脚印。他忽然想到，看到了山鸡的脚印便知道这是山鸡留下来的，而看到鹿的脚印便知道是鹿，这样，通过这些脚印不就可以创造一种大家都能够看得懂的文字了吗③？

于是，仓颉根据动物的脚印、物体的形状，在地上画着一些图形。不一会儿，人、手、日、月、星、牛、羊、马、鸡、犬这些字都被

---

① 交代了结绳记事的不便，以及仓颉发明文字的原因。
② "一筹莫展"一词形象地表达了仓颉造字的困难和苦闷。
③ 虽然是反问语气，但是仓颉心中已经有了肯定的答案，造字的灵感有了，自然地引出下文。

来龙去脉（lái lóng qù mài）：山形地势像龙一样连贯着。本是迷信的人讲风水的话，后来比喻人、物的来历或事情的前因后果。
覆盖（fù gài）：遮盖。
白雪皑皑（bái xuě ái ái）：洁白的积雪银光耀眼。

## 仓颉造字

造出来了。

字虽然有了,可是要记录在哪里呢?仓颉想了想,就跑回家,拿出乌龟的外壳,将字刻在了乌龟那带有方块的坚硬外壳上。仓颉做好这一切后,便将这些文字献给了黄帝。黄帝看后大喜,因为这些文字简单易记,并且容易理解。黄帝将这些文字当作新的记事方法。从此,象形文字便产生了[①]。

---

[①] 这句话点明了文字记事法的意义。

太有趣了，名著！ | 图说中国民间故事

# 神农尝百草

- 人物介绍
  - 人物名称：炎帝（神农）
  - 性格特征：善于探索，勇于奉献
  - 人物成就：教人们种五谷，教人们用草药治病

- 尊为「神农」
  - 原因：人类繁衍→数量剧增→食物短缺→矛盾增多→争斗
  - 过程：播种五谷→收集谷种→太阳光芒→五谷茁壮→温饱

- 亲尝百草
  - 原因：教人们运用草药治病，摆脱疾病困扰
  - 过程：神鞭辨百草→亲尝百草→尝断肠草→中毒而亡

读懂经典文学名著，
爱读会写学知识
★ 听故事学知识
★ 跟名师精读名著
★ 名著读写方法指导

**故事梗概**

　　神农教会了人们播种五谷，让人们过上了丰衣足食的好日子；他还教人们运用草药，让人们远离疾病；因为尝草药，他最终献出了自己的生命。

## 神农尝百草

随着人类繁衍生息，人口数量越来越多，由此造成的问题就是食物越来越不够吃。于是，人类的矛盾就多了起来，争斗不断，社会陷入混乱。

此时，一个叫炎帝的太阳神诞生了。他看到这种情况，就教人们播种五谷，并把各种各样的谷种收集起来，以后年复一年地播种、收获①。不仅如此，炎帝还让太阳发出足够强的光芒，以便让地里的五谷长得格外茁壮饱满。就这样，人类逐渐过上了温饱生活。

人们感激炎帝对人类的贡献，便尊称他为"神农"。

后来，神农又教会人们如何运用草药的特性治病。

他为了了解各种草药的特性，专门拿着自己的神鞭抽打百草，因为被抽打过后的草木能显示出药性。

为了弄清草药的特性，他经常亲自去尝，因此他也经常中毒②。正是因为有了神农坚持不懈的探索，人类才知道了如何运用草药治病，从而摆脱了疾病的困扰。

有一天，神农在尝一种名叫断肠草的草药时，不幸中毒而亡。他为了天下百姓的健康，献出了自己的生命，受到了人们的尊敬。

---

① 这几句话详细地向我们介绍了炎帝教人们播种、收获的事情，让我们看到了他为人们着想、为人类奔波的奉献精神。
② "经常"表明他事必躬亲，体现了他为了百姓不怕牺牲的精神。

茁壮（zhuó zhuàng）：（动物、植物，年轻人、孩子）强壮；健壮。
困扰（kùn rǎo）：围困并搅扰；使处于困境而难以摆脱。

# 田螺姑娘

图说中国民间故事

**人物介绍**
- 人物名称：谢端
- 家庭情况：父母双亡，家境贫寒
- 人物外貌：外表出众，标致帅气
- 性格特征：恭敬谨慎，知书达礼
- 生存技能：手脚勤快，尽心耕作

**人物介绍**
- 人物名称：田螺姑娘
- 身份地位：银河仙女
- 人物外貌：非常美丽
- 性格特征：直率坦白，善良
- 生存技能：变化，收拾家务

**事件经过**
- 起因：天帝怜悯，派人相助
- 过程：捡回田螺 → 奇迹 → 真相 → 仙女离去 → 立位祭祀 → 成家立业

## 故事梗概

谢端孤苦无依，却知书达礼，这感动了上天。上天派仙女下凡帮助谢端。谢端发现了这个秘密后，仙女被迫返回天庭。

### 田螺姑娘

晋安县有一个叫谢端的人,自小父母双亡,孤苦无依。他吃百家饭,靠邻居们的帮助长大。

谢端十七八岁时,已经是一个标致帅气的大人了,他恭敬谨慎,知书达礼,遵纪守法,严于律己,非法之事,一概不沾①。

谢端孤苦伶仃、一贫如洗,所以,虽然外表出众,品行端正,却一直没有成家。左邻右舍都可怜他,计划帮他找一个好妻子。虽然大家很热心,但一直没有合适的人选。

谢端手脚勤快,每天早出晚归,尽心尽力地耕种田地,一天也舍不得休息。

一天,谢端在农田旁的小河边见到一只大田螺,像能盛三升水的水壶一样大。谢端哪见过这么大的田螺,他认为这是奇异之物,于是拿着它回到家里,放在瓮(wèng)中,好好养着。

第二天,谢端干活回来,正准备做饭,忽然发现桌子上早已摆满了可口的饭菜。这可让他奇怪了,谁那么好心眼啊?算了,也别想那么多了,还是先填饱肚子吧。可是,更奇怪的是,以后每天从农田里干活回来,他都能发现他家桌子上已经摆好了饭菜,好像是专门为他做的。谢端依旧以为是邻居在可怜他,照顾他,也没放在心上。可天天都如此,谢端不好意思了,就去向邻居致谢。邻居说:"我压根儿就没做什么,为什么要谢我呢②?"谢端还以为邻居没有明白他的意思,也就不再啰

---

① 连用几个成语,表现了谢端的高尚人品。
② 邻居并不知情,对话反映了谢端和邻居们处得非常和睦。

一贫如洗(yì pín rú xǐ):形容穷得一无所有,就像被水冲洗过一样。

唆。可是，以后仍是如此，谢端就直截了当地问邻居，邻居笑着说："你自己偷偷娶了媳妇，不给我们大伙分享一下你的快乐，竟藏在家中为你生火做饭，真是太不够意思了。"谢端心里明白并不是邻居帮忙了，可是哪有什么媳妇呀！

为了弄个水落石出，有一天，谢端三更时就上工去了，天刚亮又悄悄返回来，蹲在篱笆外偷看家中的一切。只见一位非常美丽的少女从瓮中走出，来到灶台点燃炊火。谢端急忙进门，径直到瓮边观看那个田螺，却只剩一个空壳子①。谢端径直走到灶台前问那少女："这位姑娘是从哪里来的，为什么要给我做饭？"少女听到有人说话，大吃一惊，十分惶恐，想转身跳回瓮中，但已被谢端拦住了去路。她只好回答说："我是银河中的仙女，天帝怜悯你从小没有父母，又恭敬谨慎、自我约束，是个好人，就让我暂且为你收拾家务做饭。我们计划十年之内，让你富起来，等你娶上媳妇后，我就该回去了。可是你却偷看我，阻拦我恢复原形。现在事情已经暴露，我已不适合再留下来，该回去了。即使如此，你以后的日子也会好起来的。你要靠辛勤耕作和捕鱼来维持生活。我将这田螺壳留下，你用它贮米，就不用担心缺少粮食了②。"

谢端请求少女留下来，可少女怎么也不肯。这时，天空中忽然飘起

① "径直"表示了谢端性格耿直。"只剩一个空壳子"表明田螺发生了神奇的变化。
② 简单的几句话，既道出了自己的真实身份，为我们解开了谜底；又对谢端的人品进行了褒扬。

直截了当（zhí jié liǎo dàng）：（言语、行动等）简单爽快。
惶恐（huáng kǒng）：惊慌害怕。

### 田螺姑娘

了小雨,少女飘然而去。

后来,谢端特意为少女立了一个神位,每逢节日便去祭祀。他也按照少女的话去做,辛勤劳作,生活也越来越好了。这时有一个乡里的人将女儿嫁给他,让他成家立业。他本人最后还做了令长一类的小官。

飘然(piāo rán):形容轻捷或迅速的样子。
祭祀(jì sì):旧俗备供品向神佛或祖先行礼,表示崇敬并求保佑。

# 摇钱树和聚宝盆

**图说中国民间故事**

**太有趣了，名著！**

- **物品介绍**
  - 物品名称：摇钱树
  - 物品来源：十八罗汉报恩
  - 物品技能：一棵能不断长出金锞子的大树

- **物品介绍**
  - 物品名称：聚宝盆
  - 物品来源：十八罗汉报恩
  - 物品技能：一个能不断吐出银元宝的圆盆

- **老大夫妇**
  - 事件起因：善良放生化为海螺的十八罗汉
  - 事件经过：放生→报恩→摇钱树、聚宝盆→照样劳作→收获渔网、渔船→生活美满

- **老二、老三**
  - 事件起因：起贪婪之心偷盗摇钱树、聚宝盆
  - 事件经过：偷盗→抬走一箩筐金子银子→赶往县城→自相残杀→惨死

读懂经典文学名著，爱读会写学知识
★ 听故事学知识
★ 跟名师精读名著
★ 名著读写方法指导

## 故事梗概

东海的小岛上住着兄弟三人，他们性格不同，命运也不同。老大一家得到聚宝盆和摇钱树，他们不贪婪，依旧过着平淡幸福的生活；老二、老三贪财自私，为争夺钱财自相残杀，最终两人都惨死了。

## 摇钱树和聚宝盆

在东海上曾经有一座小岛,岛上住着兄弟三人:老大已经成家立业;老二、老三还是单身汉。兄弟三人分家了,分别过着自己的生活,都在山上的小块儿土地种些粮食蔬菜,生活过得很平淡①。

一天傍晚,老大夫妻俩从地里干完活,正在家里做晚饭,忽然听到屋里有人大喊:"救命啊!救命啊!"是谁在喊呀?老大夫妻俩到处找,什么也没找到。老大又仔细听了听,声音是从海边拾来的半篮子海螺里发出来的。他老婆也很奇怪,仔细一听,真是海螺在叫喊呢!老大的老婆说:"你听听,这海螺喊得多可怜呐,咱们别吃它了吧。"老大也起了同情心,提着这半篮海螺,把它倒回海里去了②。

其实这半篮海螺是天上的十八罗汉变的。他们犯了佛门清规,如来佛生气了,罚他们化作海螺流落人间,叫他们尝尝被人挖肉剥壳、油煎火煮的苦。谁料到他们来到这座小岛,让好心的老大夫妻放了生,逃过了一场大难,真是福大命大!为了表示感谢,海螺们决定送给老大一家一份厚礼。

第二天一早,老大夫妻俩早早起来收拾家务。推开柴门,老大一下子被眼前的景象惊呆了:一棵大树立在门前,密密的树枝上挂满了黄澄澄的"果子"。老大走过去轻轻一摇树干,那"果子"乒乒乓乓地掉了一地。他拾起来一看,这哪儿是什么果子呀,分明是黄金铸成的金锞(kè)子。更奇怪的是那"果子"落一个,长一个,不管有多少"果

---

① 通过交代兄弟三人的家庭背景,为后面故事情节的发展做了铺垫。
② 故事一开头,就让我们看到了老大夫妻俩的善良。

平淡(píng dàn):(事物、文章等)平常;没有曲折。

子"落到地上，树上一个也不见少，还是满满的一树①。老大正不知所措时，突然听见老婆的叫声："他爹，快来！地上滚满银元宝啦！"老大跑到后门口一看，又惊呆了：院子中央的圆盆子里堆满了银元宝，银元宝从盆子里一个劲儿地骨碌骨碌地往地上滚。老大的老婆捡起一个又跳出来一个，捡起一个又跳出来一个，怀里多得抱不住了，只好放在墙根下。墙脚边已垒起一大堆白晃晃的银元宝了，盆子里还是一个劲儿地往外滚银元宝②。老大把前门口那棵树的事，跟老婆说了，他老婆说："啊呀！这是不是传说中的摇钱树和聚宝盆呀？""摇钱树？聚宝盆？没错，就是！"这夫妻俩瞧着这么多的金银财宝，竟然不知道怎么办好了③。

老二和老三听说后一起跑来了，看着黄澄澄的金锞子、白晃晃的银元宝，他俩差点没惊异得昏过去。老二说："大哥，您可发大财啦！"老三说："大哥发了财，我们兄弟俩也可以沾沾光了，能好好地享受一番了！"这弟兄俩特别高兴。可是老大并不那么想，他说："你们别太高兴啦，这些金子和银子，既不能当饭吃，又不能当衣穿，咱们要它也没啥用，还是去地里好好干活吧！"老大说完，挑起水桶走了。

老二和老三一起嘀咕着走回家去。老二说："我们这个老大哥，就知道干活，有了金银财宝也不知道享受，真是个呆头鹅！"老三眼

① 摇钱树真是让老大惊呆了。
② 银元宝不停地往外滚，源源不断，真是一件神奇的事。
③ "不知道怎么办好了"证明了老大夫妻不是贪财之人。

不知所措（bù zhī suǒ cuò）：不知道怎么办才好。形容受窘或发急。
惊异（jīng yì）：惊奇诧异。

## 摇钱树和聚宝盆

珠子骨碌碌转了几转,把嘴凑在二哥耳朵上:"咱们不如把它们偷过来吧。"兄弟俩嘀嘀咕咕地商量了好一会儿,想出了一条计策①。

到了半夜,老大一家子都睡熟了。老二和老三带着杠子、箩筐、绳子,悄悄地溜进了老大的家。他们先去偷那棵摇钱树。兄弟俩抱着大树使劲拔,累得他们气喘吁吁的,可那棵树还是坚如磐石。他们俩歇了一会儿,老三说:"拔不动摇钱树,咱们去抬聚宝盆吧!""好!"这哥俩又来偷聚宝盆了。他们在聚宝盆上系好了绳子,穿上杠子,铆足了劲儿往上抬,可无论他们用多大的劲儿,却怎么也抬不起来②。兄弟俩累得热汗直流,可还是无济于事。老三问老二:"宝贝搬不走,这可怎么办呢?"老二说:"咱们搬不走宝贝,就抬一筐金锞子、银元宝走吧,那也够我们享用一辈子了。"说着,俩人赶紧动手,装了满满一箩筐金子和银子,抬起筐就走。他们俩一瘸一拐地把筐抬到海滩上,放在事先预备好的一只木筏子上,也不顾东海风大浪高,划着木筏,连夜往县城赶。

他们在海上漂了三天三夜,终于到了县城。这时候,老二对老三

① 通过老二、老三的对话描写,表现了他们兄弟二人的见钱眼开、爱财如命、自私自利。
② "系""穿""抬"一系列动词的使用,将老二、老三的贪得无厌表现得淋漓尽致。

气喘吁吁(qì chuǎn xū xū):呼吸急促,喘气非常大。
坚如磐石(jiān rú pán shí):像石头一样坚硬,形容非常坚固,不可动摇。
无济于事(wú jì yú shì):对于事情没有什么帮助;对于解决问题没有什么作用。

说:"你看着这筐金银,我买点吃的去。"说着,拿着银元宝,又叮嘱了老三几句,就走了。

老二上了大街,好吃好喝,饱餐一顿,吃得不亦乐乎。他一边吃一边想:"要是这一筐金银都归我一个人那多好啊!"想着想着,他想出一条毒计。他吃饱喝足后,又买了一些饭菜,还到药店去了一趟,然后提着饭菜去找老三了①。这时候,老三守着箩筐也在琢磨,心里想:"二哥心黑,分起金银来我准吃亏,倒不如趁早把他收拾了算啦②!"

于是,他也想出一条毒计,拾起一块大石头藏在身后,眼巴巴地等着二哥回来。过了好一会儿,老二喷着酒气、打着饱嗝(gé)回来了,假装亲热地跟老三说:"弟弟呀,我把你的饭菜带来了,有酒有肉,包你满意!"老三也不答话,看着老二走近了,就举起石头,用尽力气向他头上猛砸。这血肉之躯哪经得起这一通砸啊,老二倒在地上死了。老三把老二的尸首丢进海里,收拾利落了,才觉得自己饿了。一看二哥带来的一包美味佳肴,他高兴极了,心想:反正这筐金银是我的了,等我吃饱后再好好想想如何花它。于是,他就坐下打开包又吃又喝。一眨眼的工夫,就把老二带来的酒肉菜饭吃得一干二净。吃饱喝足的老三心里别提多美了,他正要进城去享福,忽然觉得肚子钻心的疼,他疼得直躺在地上打滚儿。一会儿,老三也死了。原来刚才老二到药店买了一包砒霜,悄悄地倒在酒里了③。

① 老二去药店干什么呢?设置悬念,吸引读者继续读下去。
② 分别对老二、老三兄弟俩的内心进行了细致的描绘,从而反映了两人自私、贪婪、残忍的品性。
③ 此时揭开了老二到药店的谜底,原来是去买毒药了。

### 摇钱树和聚宝盆

第二天早上,老大看见院子里的脚印,明白了一切,他流下了难过的眼泪。

这天晚上,他躺在床上怎么也睡不着,想了好久,他对老婆说:"要不明天我去把摇钱树刨了,把聚宝盆砸了吧?"他老婆惊讶地问:"那是宝贝呀,砸它干啥?""这样的宝贝我们不需要,它害得我们兄弟不和,与其如此,倒不如换一个称心的家什,能帮我们干点活。"

第三天一早,老大照例到前门口去挑水。打开门一看,又吃了一惊:摇钱树不见了,变成了一张渔网摊在地上,枝杈变成了网眼,树干变成了网绳。老大正看得出神,屋后传来老婆的叫声:"快来看呐,多好的一条船呐!"老大跑到后门口一看,原来聚宝盆也变了,变成了一条崭新锃(zèng)亮的捕鱼船,船上篷、舵、橹、篙(gāo),样样俱全。这下老大可开心啦!他带上网,跟老婆、儿子一起把船推到海边,天天出海打鱼,过着殷实美满的日子①。

从这以后,便有了捕鱼这个行业,老大一家就是第一代的渔民。

① 船、老婆、儿子、打鱼,这真是一幅闲适、温馨而幸福的渔家生活画面。

太有趣了，名著！ | 图说中国民间故事

# 阿里山的传说

- 人物介绍
  - 人物名称：阿里
  - 生存环境：秃山（后称阿里山）北面山谷
  - 性格特征：心地善良，为人正直，敢作敢当
  - 生存技能：打猎

- 阿里献身
  - 起因：救助仙女，无意打伤寿星，引来天罚
  - 过程：得知真相→主动承担→粉身碎骨→生灵得救

- 阿里山的由来
  - 阿里→郁郁葱葱的树木
  - 拐杖→参天大树
  - 仙女→满山花草
  - 秃山→阿里山

读懂经典文学名著，
爱读会写学知识
★ 听故事学知识
★ 跟名师精读名著
★ 名著读写方法指导

## 故事梗概

　　一个叫阿里的小伙子为了救两个采花姑娘而被雷神、雨神惩罚致死，他死后秃山变成了美丽的阿里山。

## 阿里山的传说

阿里山在祖国的宝岛台湾,那里植被茂密,鸟语花香,景色宜人。但是在很早以前,阿里山曾经寸草不生,光秃秃的,人们都叫它秃山①。在秃山北面山谷中住着一个名叫阿里的靠打猎为生的小伙子。他心地善良,为人正直,经常帮助在山里遇到困难的人。

一天,他听到有人喊救命,<u>循声望去</u>,只见一只大老虎正扑向两个采花姑娘。

勇敢的阿里<u>急中生智</u>,急忙用箭射伤了老虎的两只眼睛,老虎痛得大吼一声,落荒而逃②。刚赶走了老虎,突然又从远处飞来一个挂着龙头拐杖的老头,二话不说,便拽着两个姑娘往天上飞。阿里情急之下,一把夺过老头的拐杖,猛地往老头前额上敲去。老头没有被击倒,但额头被敲出了一个大疙瘩,痛得他丢下两个姑娘捂着头一溜烟飞上天去了,连龙头拐杖都丢下不要了。

老头走后没多久,天空便阴云密布,雷声大作,那样子看着像老天要发怒似的。阿里上前与两位姑娘交谈才知道,原来两位姑娘是仙女,来到凡间游玩,误了回天庭的时辰,又遇见老虎,幸好被他救了。刚才阿里打的那个老头是老寿星,是来抓她们的。现在玉帝又派雷神雨神来惩罚这一带的生灵。两位仙女不想连累这一带的生灵,要自己去把雷雨引开。阿里听后,对着天空高喊:"雷神、雨神,祸是我惹的,来处

---

① "秃山"与前面"鸟语花香""景色宜人"对比,引出下文。
② 智斗猛虎,表现了阿里的聪明勇敢、乐于助人。

循声望去(xún shēng wàng qù):顺着声音传来的地方看去。
急中生智(jí zhōng shēng zhì):在紧急中想出好的应付办法。

罚我吧[①]！"他刚说完，雷神就把他击得粉身碎骨，可是附近的生灵得救了。

阿里死后，他的器官变成了树木。老寿星的拐杖变成了一棵参天大树，仙女变成了花草。从此，秃山变成了美丽的山，人们便将其改名为"阿里山"。

① 阿里独自挑战雷神和雨神，让我们看到了一个敢作敢当、不惧强权、悲天悯人的男子汉形象。

# 猎人海力布

人物介绍
- 人物名称：海力布
- 人物身份：猎人
- 性格特点：乐于助人、舍己为人

舍身救村民
- 起因：大山崩裂，洪水泛滥
- 经过：告诉村民搬家→遭到质疑→为了村民说出实情→自己变成了石头
- 结果：村民万分感激，世代敬仰

## 故事梗概

猎人海力布救了龙王的女儿，龙王给了他一件法宝，使他能听懂所有动物说的话。能听懂动物说话的海力布得知洪水要淹没村庄，可村庄里没有一个人愿意相信他，最后他说出了真相，自己却变成了石头。

从前有一个人,名叫海力布,因为他靠打猎过活,大家都叫他安格沁海力布("安格沁"在蒙古语里是"猎人"的意思)。他很愿意帮助别人,打来禽兽,从不独自享用,总会分给大家,因此,海力布很受大家尊敬①。

一天,海力布到深山去打猎,看见一条白蛇盘睡在山丁子树下。他放轻脚步绕过去,不去惊动它。正在这时,忽地从头上飞过来一只灰鹤,"嗖"的一声俯冲下来,用爪子抓住了盘睡的小白蛇,又腾空飞去。小白蛇惊醒后,尖叫:"救命!救命!"海力布急忙拉弓搭箭,对准灰鹤射去。灰鹤一闪,丢下小白蛇逃跑了。海力布对小白蛇说:"可怜的小东西,快回去找你的爸爸妈妈吧!"小白蛇向海力布点了点头,表示感谢,就隐到草丛里去了。海力布也收拾好弓箭回家了②。

第二天,海力布正路过昨天走过的地方,看见一群蛇拥着一条小白蛇迎了过来。海力布觉得奇怪,想绕道过去,那条小白蛇却向他说道:"救命恩人,您好吗?您可能不认得我,我是龙王的女儿。昨天您救了我的性命,我的爸爸妈妈今天特地叫我来接您,他们想当面谢谢您。"小白蛇又继续说:"您到我家以后,我的爸爸妈妈给您什么您都别要,只要我爸爸嘴里含着的宝石。您得到那块宝石,把它含在嘴里,就能听懂世上各种动物的话。但是,您所听到的话,只能自己知道,可不要向别人说,如果向别人说了,那么您就会从头到脚,变成僵硬的石头而

---

① 用简洁的语言交代了海力布受大家尊敬的原因。
② 海力布勇救小白蛇的行为印证了他"愿意帮助人"的特点。同时,他的这一善举也推动了故事情节的发展。

## 猎人海力布

死去。"

海力布听了,一面点头,一面跟着小白蛇来到深谷里。他们越走越冷,来到一个仓库门前,小白蛇说:"我的爸爸和妈妈不能请您到家里去坐,就在这儿等您,现在已经来到这里了。"

正当小白蛇说话的时候,老龙王已经迎上前来,他恭敬地说:"您救了我的爱女,我感谢您!这是我聚藏珍宝的仓库,我带您进去看看,您愿意要什么,就拿什么去,请不要客气!"说着,把仓库门打开,引海力布进去,只见里面全是珍珠宝石,琳琅满目。老龙王引着海力布看完这个仓库又走到另一个仓库,就这样一连走了一百零八个仓库,但是海力布却没有看中任何一个宝贝[①]。老龙王很难为情地问海力布:"我的恩人!我仓库里的这些宝物,您一个也不稀罕吗?"

海力布说:"这些宝物虽然很好,但只可以用作美丽的装饰品,对我们打猎的人来说,没有什么用处。如果龙王真想给一点东西作纪念,就请把您嘴里含的那块宝石给我吧!"龙王听了这话,低头沉思一会儿,只好忍痛把嘴里含的那块宝石吐了出来,送给了海力布[②]。

海力布得到了宝石,辞别龙王出来的时候,小白蛇又跟着出来,再三叮嘱他说:"有了这块宝石,您什么都可以知道。但是您所知道的

---

① 海力布没有被钱财迷惑,而是选择了自己所需要的东西。
② 龙王为了报答海力布救女,送给海力布喜欢的珍宝——含在嘴里的宝石。体现了龙王诚心报恩。

琳琅满目(lín láng mǎn mù):形容各种美好的东西很多(多指书籍或工艺品)。

一切，一点也不许向别人说。如果说了，一定会有危险。您可千万要记住①！"

从此，海力布在山中打猎更方便了。他能听懂雀鸟和野兽的语言，隔着大山有什么动物他都能知道。

这样过了几年。有一天，他仍然到山里打猎，忽然听见一群飞鸟议论说："我们快到别处吧！明天这里附近的大山都要崩裂，涌出的洪水，泛滥遍野，不知要淹死多少野兽哩！"

海力布听到了这个消息，心里很着急，也没有心思再打猎了，赶紧回家，向大家说："我们赶快迁移到别处去吧！这个地方住不得了！谁要不相信，将来后悔就来不及了②！"

大家听了他的话都很奇怪，有的根本不理会这桩事，有的认为海力布可能发疯了，总之，谁都不相信。急得海力布掉下眼泪说："大家难道要让我死了，才相信我的话吗？"

几个年老的人向海力布说："你从来不说谎话，这是我们大家都知道的。可是你现在说这个地方住不得，这是为什么呢？"

海力布想：灾难立刻就要来到了。如果我只顾自己避难，而让大家受难，这能行吗？我宁肯牺牲自己，也要救出大家。于是，他把如何得到宝石，如何利用其打猎，今天又如何听见一群飞鸟议论怎样逃难，

---

① 现在小白蛇已经确定恩人拿到了宝石，为了让自己的恩人能够慎重，所以再三叮嘱他。
② 面对即将到来的灾难，海力布极力说服大家离去。

泛滥（fàn làn）：江河湖泊的水溢出，四处流淌。

## 猎人海力布

以及不能把听来的事情告诉别人，如果告诉别人了，立刻就会变成石头而死，等等，说了出来。海力布说着，就渐渐变成一块僵硬的石头。大家看见海力布变成了石头，悲恸欲绝，于是才赶着牛羊马群，把家迁走①。

这时阴云密布，大雨已经下起来了。到第二天早晨，在轰隆的雷声中，忽然听见一声震天动地的响声，霎时山崩水涌，洪水滔滔。大家都感动地说："如果不是海力布宁可牺牲自己也要救我们，我们此时都会淹死在这洪水中了②！"

后来，大家找到了海力布变的那块石头，把它搁在一个山顶上。好让子子孙孙都不要忘记这个牺牲自己保全大家的英雄海力布，子子孙孙都要纪念他。

一直到现在，猎人海力布的故事还在流传着。

① 为了挽救大家的生命，海里布不惜牺牲自己的生命，把事情的真相告诉了大家。
② 海力布的话得到了印证，他用生命换来了大家的安全。

悲恸欲绝（bēi tòng yù jué）：指极度悲哀，万分伤心的样子。
霎时（shà shí）：霎时间。

太有趣了，名著！ | 图说中国民间故事 |

# 孔融让梨

人物介绍
- 人物名称：孔融
- 人物身份：东汉鲁国人
- 性格特点：谦让，友爱兄弟

★ 听故事学知识
★ 跟名师精读名著
★ 名著读写方法指导

孔融让梨：孔融只拿了一个最小的梨子吃，把大的留给哥哥和弟弟们吃。

## 故事梗概

孔融家里有五个哥哥和一个弟弟，妈妈买了梨子，孔融拿了最小的一个……这个故事千古流传，孔融一直是家庭礼仪的好榜样。今天大家就一起读一读有关他的这个故事吧！

## 孔融让梨

东汉鲁国,有个名叫孔融的孩子,十分聪明,也非常懂事。孔融还有五个哥哥,一个小弟弟,兄弟七人相处得十分融洽①。

有一天,孔融的妈妈买来许多梨,一盘梨子放在桌子上,哥哥们让孔融和最小的弟弟先拿。

孔融看了看盘子中的梨,发现梨子有大有小。他不挑好的,不拣大的,只拿了一个最小的梨子,津津有味地吃了起来。爸爸看见孔融的行为,心里很高兴,心想:别看这孩子刚刚四岁,却懂得应该把好的东西留给别人的道理呢!于是他故意问孔融:"盘子里这么多的梨,又让你先拿,你为什么不拿大的,只拿一个最小的呢②?"

孔融回答说:"我年纪小,应该拿个最小的,大的应该留给哥哥吃。"

爸爸接着问道:"你弟弟不是比你还要小吗?照你这么说,他应该拿最小的一个才对呀?"

孔融说:"我比弟弟大,我是哥哥,我应该把大的留给小弟弟吃。"

爸爸听他这么说,哈哈大笑道:"好孩子,好孩子,你真是一个好孩子,以后一定会有出息③。"

① 介绍孔融的家庭情况。
② "故意"一词,写出了父亲对小小年纪孔融的行为感到惊讶。
③ 爸爸的话是对孔融让梨行为的赞扬,并且认为懂事的孔融长大后一定会有出息的。

融洽(róng qià):彼此感情好,没有抵触。
津津有味(jīn jīn yǒu wèi):指吃得很有味道或谈得很有兴趣。

太有趣了，名著！ | 图说中国民间故事

# 王冕学画

人物介绍
- 人物名称：王冕
- 人物身份：放牛娃
- 特点：勤奋好学
- 性格：孝顺

勤奋学画：帮人放牛，边放牛边读书，后来用平时省下来的钱买了画笔、颜料，学画荷花并取得成功。

微信扫码
读懂经典文学名著，爱读会写学知识
★ 听故事学知识
★ 跟名师精读名著
★ 名著读写方法指导

## 故事梗概

王冕小时候，家境很贫困，他一边放牛一边学习。在没有书本、笔墨的情况下，想尽办法来读书、画画。终于，功夫不负有心人，王冕画出了栩栩如生的画。他还很孝顺，常用卖画的钱买些好东西来孝敬母亲。

## 王冕学画

明朝时候，浙江诸暨出了一个有名的画家，叫王冕。

王冕小时候家里很穷，七岁时父亲病逝，仅靠他母亲做些针线活供他到村学堂里去读书。

三年过去了，王冕已经十岁了。一天，母亲把他叫到面前说："儿啊，不是我要耽误你。只是因为这几年收成不好，柴米又贵，家里的旧衣服和旧家伙，能当的当了，能卖的卖了，实在没有办法供你读书了①。"

王冕安慰母亲说："母亲，您不要担心，我整天在学堂里读书很闷，不如一边放牛一边读书。"

第二日，母亲带他来到邻居秦老家。秦老留他们母子两个吃了早饭，便牵出一头水牛来交给王冕，他对王冕说："从这大门向前走三百多米的地方，就是七泖湖。湖边长着一片绿草，各家的牛都在那里打瞌睡。又有几十棵合抱的垂杨树，十分阴凉，牛要渴了，就在湖边上饮水。你就在这一带放牛，不要去远处了。"

王冕从此就在秦家放牛。每到黄昏，回家休息。有时遇到秦家煮些腌鱼、腊肉给他吃，他就拿块荷叶包起来，留给母亲②。

每天的点心钱，他也攒了起来，攒到一两个月，就抽空到村

---

① 写出了王冕家境的贫困，为下文辍学放牛埋下了伏笔。
② 王冕把好东西都留给母亲，可见他十分孝顺。

耽误（dān wu）：因拖延或错过时机而误事。
合抱（hé bào）：两臂围拢（多指树木、柱子等的粗细）。

学堂买几本旧书。放牛的时候把牛拴了,坐在柳树荫下看书①。

一个夏天的傍晚,王冕放牛累了,在绿草地上坐着。不一会儿,阴云密布,一阵大雨下起来了。王冕连忙躲在树下避雨。雨停了,那黑云边上镶着白云,渐渐散去,透出一片日光来,照得满湖通红。湖边山上,青一块,紫一块,绿一块。树枝上的叶子都像水洗过一番,绿得可爱。湖里的荷花也开得格外鲜艳,荷叶上的水珠像珍珠似的滚来滚去,真是美丽极了。王冕看了一会儿,心里想:要是能把这幅景象画下来,该多好啊②!

于是,王冕就用平时省下来的钱买了画笔、颜料,又找来些纸,学画荷花。

起初,王冕画的荷花、荷叶,都像长了翅膀要飞似的,一点也不像。可他并不灰心,他仔细观察荷叶和荷花的形状,观察清晨傍晚、雨前雨后荷花的变化。他天天跟荷花在一起,把荷花当成了好朋友。这样练习画了很长时间,那纸上的荷花就像刚从湖里采来的一样③。

荷花画成功了,他接着学画山水,画牛马,画人物,到后来,不论画什么东西,他都画得很好。

村里人见王冕的画画得好,也有拿钱来买的。王冕得了钱,便买些

① 表现了王冕好学的特点。
② 这里是对雨后的环境描写,优美的环境激发了王冕想学画画的愿望。
③ 这说明王冕开始学画时画得并不好,但他不怕失败,画不好继续画,刻苦努力,最后终于把荷花画得像真的一样美丽。

鲜艳(xiān yàn):鲜明而美丽。

王冕学画

好东西,孝敬母亲。一传十,十传百,诸暨县的人都知道王冕的画栩栩如生,争着来买。

栩栩如生(xǔ xǔ rú shēng):形容艺术形象等生动逼真,像活的一样。

太有趣了，名著！ | 图说中国民间故事

# 阿凡提的故事

法官
- 性格特点：嫉妒心强、凶狠
- 相关事件：想要阿凡提给他染布

财主
- 性格特点：贪婪、诡计多端、狡猾、险恶
- 相关事件：想要从阿凡提身上榨取更多的钱

阿凡提
- 性格特点：聪明、机智、足智多谋
- 相关事件：智斗法官，智斗财主

## 故事梗概

阿凡提用自己的智慧、用自己锐利无比的语言，在幽默的玩笑中，无情地讽刺地主、财主、达官显贵，为老百姓伸张正义。

# 阿凡提的故事

阿凡提是维吾尔族传说中的一个典型人物。在人民心目中，阿凡提是智慧的化身、欢乐的化身，只要一提起他的名字，连愁眉苦脸的人都会展开笑颜。他嘲笑投机的商人、受贿的法官、伪善的毛拉（学者）们逞威作福……

## （一）阿凡提染布

这一天，法官在财主家拿了一匹布，来到阿凡提的染坊，用蛮横的口气说："阿凡提，给我把这匹布好好地染一染，让我看看你有多高的手艺！""你要染成什么颜色的？"阿凡提问道。法官先生说："我要染的颜色很普通：它不是红的，不是蓝的，不是黑的，也不是白的，不是绿的，又不是紫的，不是黄的，更不是灰的——明白了吧①。"

法官不怀好意，又说："听说你的智慧不光存在脑子里，你还会运用，你能染出来吗？"跟在法官身后的财主，也凶狠地对他说："阿凡提，要是染不出法官老爷要的颜色，法官老爷可不会轻易饶恕你！"

阿凡提知道他俩是故意来寻衅闹事的，但仍毫不在意地把布接过来，说："这有什么难办的呢？我一定照法官先生的意思染②。""你真的能染？"法官看着阿凡提那不慌不忙、蛮有把握的样子，吃惊地说，"那么，我哪一天来取呢？""你就照我说的那一天来取。"阿凡提顺手把布锁在柜子里，对法官说，"那一天不是星期一，不是星期

---

① 法官故意刁难阿凡提，让我们不禁为他担心起来。
② "毫不在意"生动形象地写出了阿凡提胸有成竹的样子。

---

蛮横（mán hèng）：（态度）粗暴而不讲道理。
寻衅（xún xìn）：故意找事挑衅。

二,也不是星期三,不是星期四,不是星期五,又不是星期六,连星期日也不是。到了那一天,我的法官先生,你就来取吧,我一定会使你满意的①!"法官被说得没了主意,那个财主更傻了眼,他俩一块儿灰溜溜地退出了染坊。

### (二)阿凡提与三个鸡蛋

有个财主,在城里开了个饭馆。有一次,阿凡提在这家饭馆吃了三个熟鸡蛋,吃完后,发现身上没带钱。他向开饭馆的财主保证下次经过这儿时一定把钱送来②。

过了半年,阿凡提又到了这里,问财主:"上次我吃了三个鸡蛋,该给你多少钱呢?"财主用算盘算了半天,说:"三百块。"阿凡提吃惊地说:"三个鸡蛋三百块钱?"财主说:"这还算多吗?如果这三个鸡蛋没给你吃掉,早孵出三只母鸡来了。如果一只母鸡半年下一百个蛋,三只母鸡就会下三百个蛋。三百个蛋再孵成小鸡,应该值多少钱啊③!"

阿凡提和财主争辩起来,财主得不到三百块钱,便到国王那里告了阿凡提一状。国王想重重地惩罚一下阿凡提,便亲自审问这个案件。到了审案这一天,国王一直等到晌午,也不见阿凡提到来,便连连派人去催。好不容易,才见阿凡提手拿着一把铁勺姗姗而来。国王大声吼道:

① 阿凡提巧妙的回答,让我们看到了他的聪明机智。
② 阿凡提吃饭没带钱,答应财主一定把钱送过来。
③ 财主计划蒙阿凡提一把,妄想用三个鸡蛋从阿凡提身上榨取更多的钱。

争辩(zhēng biàn):争论;辩论。
姗姗(shān shān):形容走路缓慢从容的姿态。

## 阿凡提的故事

"阿凡提,你好大的胆子,为什么姗姗来迟!"阿凡提回答说:"国王,我和邻居一起种的两亩麦子明天就得下种了,我们正忙着炒麦种,所以就耽误了点时间。"国王听了哈哈大笑,说:"炒熟的麦子还能出苗儿吗?" 阿凡提立即反驳道:"既然炒熟的麦子不能出苗儿,请问国王,那煮熟的鸡蛋还能孵出小鸡吗?"国王和财主听后,顿时瞠目结舌,一句话也说不出来①。

① 语言描写,写出了阿凡提的足智多谋。

瞠目结舌(chēng mù jié shé):瞪着眼睛说不出话来。形容受窘或惊呆的样子。

图说中国民间故事

# 木兰从军

- 人物介绍
  - 人物名称：木兰
  - 外貌特点：年轻漂亮
  - 特长：武艺高超，擅长射箭
  - 性格特点：孝顺，勇敢，不慕名利

- 替父从军
  - 原因：父亲年迈多病，弟弟年幼
  - 经过：女扮男装→告别家乡→奔赴边疆→历经百战→提升左路大将军→又封兵部尚书→凯旋回乡
  - 结果：凯旋而归、服侍双亲

## 故事梗概

南北朝时，有一个武艺高强的姑娘名叫花木兰，她的父亲年老多病，弟弟又年幼，为了不让年老多病的父亲去打仗，她便女扮男装，替父从军；战场上她英勇、机智、有勇有谋，为国家立下了赫赫战功。回乡之后，她的战友们才发现昔日骁勇善战的木兰原来是一位秀美的漂亮姑娘。

## 木兰从军

南北朝时，北方有个武艺高超的姑娘名叫花木兰，年轻漂亮，射得一手好箭。

一天，她正在放牧，忽然看见几个少年骑马扬鞭，弯弓搭箭，要去打猎。她便和他们比赛，结果她射的猎物最多。回到家里，母亲责备她不该四处游荡，忘了放牧；父亲怒骂她不守闺训，但见她打了不少飞禽走兽，心中暗暗觉得惊奇①。

木兰一边夸口说自己射箭能**百步穿杨**，百发百中，一边抽箭搭弦，冷不防"嗖"的一声，把刚走进院来的里长头上的帽子射了下来。里长大吃一惊，木兰的父亲连忙赔罪道歉，并罚木兰织布三天，不许走出房门半步。

里长是来送文书的，说是大汗要和邻国开战，急需将士，要征木兰父亲从军。

晚上，木兰父亲和老伴儿商量："我年老多病，家里儿子才几岁，女儿又派不上用场，这可如何是好？"夫妻俩愁得直叹气，隔墙的木兰听见了，也停下织机叹息不已。

木兰一夜未合眼，终于想出了一个好主意②。第二天一大早，她偷偷溜出家门，上街买了一匹枣红马，又配上马鞍、马鞭和马笼头，还找人赶做了一件战袍。然后，木兰扎上头巾，穿上战袍，跨上枣红马，一下子变成了个**英姿飒爽**的小伙子③。

一切准备妥当后，木兰骑着马一阵风似的赶回家，父母亲几乎都认

---

① 写出了木兰是一个好箭手，为下文替父从军做了铺垫。
② "一个好主意"指的是木兰打算替父从军。
③ 木兰从军前的准备工作很充分。

百步穿杨（bǎi bù chuān yáng）：形容箭法或枪法非常高明。
英姿飒爽（yīng zī sà shuǎng）：形容英俊威武、精神焕发的样子。

不出她了。她向父母亲说明了真相。父母亲见事情已经这样，再说也没有更好的办法，只得让她替父从军。一家人洒泪而别。

木兰告别家乡，随大军奔赴边疆。走啊走，大军来到黄河旁。夜里，值勤的木兰听不见爹娘呼唤她回家的声音，只听见黄河的流水哗啦啦地响①。

走啊走，大军停在黑山下。这里已靠近敌人的阵地，备战的木兰没有时间想念家里的亲人，耳中只听见敌人的战马啾啾鸣叫。

多少次军情紧急，多少个关山飞渡，北疆风冷，月辉映甲，打更锣声亦寒气万分。历经千军百战，九死一生，聪明机智、英勇善战的木兰一次次立功，一次次被提拔，最后成为左路大将军②。

大军于十二年战争过后凯旋，皇帝亲召木兰，多赏金银，又封兵部尚书。木兰替父从军，为国为民，故不受金银与职位，只要了一头能走远路的骆驼，想骑着回乡，服侍双亲③。

十二年过去，父母头发皆白。听女儿归信，十分高兴，相互搀扶至路口迎接女儿。小弟弟也已成人，正磨刀霍霍向猪羊，犒劳凯旋的姐姐。

木兰终于回来了，骑着骆驼，身边还有几个伴她回家的战友。木兰

① 木兰告别了父母，告别了家乡，踏上了征程，开始了从军的生涯。
② 木兰在战争中英勇机智，多次立下战功，被封为左路大将军。
③ 木兰拒绝了皇上所赐的金银财宝和官职，一心想回家孝敬父母，可见她对父母的孝心，以及对名利的淡泊。

九死一生（jiǔ sǐ yī shēng）：形容经历极大危险而幸存。
凯旋（kǎi xuán）：战胜归来。

让爹娘在屋里招待同归的伙伴，自己跑到房里，脱下战袍，换上以前的青布衣裙，梳好如云的头发，又对着镜子贴上美丽的头饰，这才羞答答地走了出来。伙伴们一见大惊失色：啊，共同战斗了这么多年，还不知道木兰原来竟是一个漂亮的大姑娘！

# 华佗琼林学医

**图说中国民间故事**

人物介绍
- 人物名称：华佗
- 职业：医生
- 性格特点：勤奋、吃苦耐劳、关心百姓

华佗学医
- 原因：母亲病故
- 目的：救济众人
- 经过：奔赴西山琼林寺→拜师治化道长→伺候病人三年→见到很多病症，积累了很多知识→学习医书药典三年→熟背医书
- 结果：成为名医

## 故事梗概

华佗小时候家境贫困，母亲又因病而去世，于是，他发愤投师学医，救济众人。在学医的道路上他历经了千辛万苦，日出日落，暑去寒来，学习了六年，从不偷懒；不论是三更半夜，还是刮风下雨，他从没离开过病人，于是他见到了很多病症，积累了很多知识。当他学有所成回到家乡后，便到处为人治病，常常药到病除，很快华佗的名声就传开了。

## 华佗琼林学医

　　华佗是亳县华家庄人。他父亲死得早,哥哥被拉去当兵一直没个音信,家中就他和母亲过日子。因为家里穷,华佗就靠拾柴、挖药来养活他娘。亳州是个出药材的地方,各种药草有一百多样,华佗整天挖药也懂得了一些药性,他自己试着出了几个单方倒有些灵验,因此人们都称他华先生①。

　　那时常常打仗,百姓流离失所,再加上年成不好,瘟疫流行,闹病的人很多。当时,这一带治病的先生又少,人们没办法就都去找华佗。华佗虽然本事不大,可是蛮热心的;东请东家去,西请西家往。患了伤风、头痛、长疮、害眼的人都被他治好了几个。可是,要一遇到恶疾、险症,他就没有办法了。

　　这一年,华佗的母亲突然得了个奇症:忽热忽冷,周身疼痛,肿得像灯笼。华佗的本事浅,治不了,又请几个先生来看,也都认不清。拖了半个来月,他的母亲就病死了。

　　他母亲去世了,华佗很伤心,发愤要投师学医、救济众人②。他听人说,西山琼林寺有位治化道人,治病如神,是个精通内外两科的名医。他决心去西山学医。可是,西山琼林寺离这有多远的路途呢?当时谁也不知道。华佗学医心切,也没管路近路远,当天就打点行装,准备起程。远亲近邻一听到消息,都来送行。这个送钱,那个送衣,都盼望华佗能学成回来。华佗当面谢过众人,背起行装、干粮就上路了。一

---

① 介绍华佗的家庭情况,以及他略懂些药材知识。
② 华佗母亲的去世是华佗决心学医的原因。

瘟疫(wēn yì):指流行性急性传染病。

连走了半月,他腿也走肿了,脚也磨破了,馍也吃完了,钱也花光了,可还没看到西山的影子呢。这时,华佗还是一个劲儿往前走,饿了吃野果,渴了饮山泉,一口气儿又走了三天①。这天他来到一座大山前,只见半山坡密林丛中有一寺院,华佗走近一看,见门顶金匾上写着"琼林寺"三个大字,心想这回总算到了。恰好从里边走出一个道童,华佗迎上前作了一揖问道:"请问师兄,治化道长可在寺中?"

那道童停步瞥了华佗一眼,说:"你有什么事?"华佗说:"我名叫华佗,是谯郡人,特来投师学医的②。"道童又上下打量了华佗一下便说:"你在此稍等,待我给你禀报一声。"说罢连忙跑了进去。不大一会儿那道童出来向华佗招手说:"师傅传你进去,跟我来吧。"华佗点头道谢,跟着道童走进寺院,来到一座大殿前。道童说:"上边就是我家师傅。"华佗抬头一看,见到一位老道长,头发胡须全是白的。他上前叩头:"给师傅请安!"

治化道人停了半天,才慢腾腾地问道:"你是来投师学医的吗?"华佗说:"是的。"治化道人说:"你有真心吗?"华佗说:"有真心。"治化道人说:"既然有真心,就暂把你收下,做几年的杂活再说吧③!"华佗磕头拜了师,就跟随治化道人,拐弯抹角来到一个跨院。华佗进里一看,大吃一惊!只见到处睡的都是病人,长疮的、跌伤的、断腿的、出血的、流脓的,真是啥样的病人都有。治化道人

- ① 华佗在赶往西山的路上遇到许多艰辛,这依然没有改变他投师学医的决心。
- ② 这里写出了华佗来此的目的,为下文治化道长接见他做了铺垫。
- ③ 治化道人问华佗是否有真心,可见真心对于学医很重要。

○ 拐弯抹角(guǎi wān mò jiǎo):沿着弯弯曲曲的路走。

华佗琼林学医

对华佗说:"你就在这里专管打茶、烧水、涮尿盆、洗疮布,侍候病人吧。"

华佗点头说:"是。"就这样华佗算是开始学医了。打从第一天起他侍候病人就很有耐心,不论是三更半夜,还是刮风下雨,他从没离开过病人。平时他处处细心,每个病人的病情变化他都记在心里,甚至连病人每天的食量大小他都写在本上①。他的师兄弟们都笑话他,但他却装作没听见,照旧做他的。一晃三年过去了,他积累了很多知识。

这一天,华佗正在侍候病人。治化道人不声不响地来到他的跟前,对他说:"三年的时间不算短,我看得出你很能吃苦耐劳,对病人又有耐心。孩子,你熬过来了,将来你一定会有出息的②。"

华佗听了连忙跪下说:"多谢师傅的教导。"

治化道人说:"华佗,你在这里已经磨炼了三年。在这三年里,你认识了不少病症,有了不少的阅历。但是,要治好病还得学些医书药典,所以我想再让你学习三年。"

华佗急忙答道:"多蒙师傅苦心教导,我一定不辜负师傅,用心把医书药典学好!"治化道人赞叹地说:"你是个有出息的孩子。既然愿意,就随我来吧。"说罢,治化道人引着华佗来到内殿。华佗抬头

① 这里详细描写了华佗照顾病人的情节。同时表现出了他是真心来学医的,对病人的每一个细节都不放过。
② 写出了治化道人对华佗的评价,从侧面衬托华佗学医的真心和刻苦努力。

三更半夜(sān gēng bàn yè):深夜。
吃苦耐劳(chī kǔ nài láo):能过困苦的生活,也经得起劳累。

一看,愣住了!只见内殿到处是药书、满墙是挂图;这边放着炼丹炉,那边摆的是药橱。华佗看了以后十分喜欢①。治化道人笑着说:"学医好比走路,路只能一步步地走,不能急躁。这里,你看书有书、炼丹有炉,要啥有啥,你自学自炼去吧。有不懂的地方,再来问我。"说罢就往后院去了。

华佗自从到内殿后,就白天炼丹药,夜晚读药书,从不偷懒。日出日落,暑去寒来,眨眼之间三年又过去了②。这天夜里,华佗正在攻读药书,忽然一个道童跑来惊慌地说:"华师兄,不好了!咱师傅得了重病,请你赶快去看!"

华佗听了,也没顾得上收拾药书,就连忙往后院跑去。进了师傅的卧房,来到床前,只见师傅面色蜡黄,两眼紧闭,口吐白沫,手脚僵硬。华佗上前摸了摸师傅的额头,又按了按脉,看了看神色,停了半晌,才笑着对众师兄弟说:"师傅没有大病,等等自会好的。"众人一听都很生气,齐说:"你甭自充名医,师傅的病那么重,你怎么能说没病?"

华佗说:"我凭'望''闻''问''切'、察颜、观色来推断,不是胡言乱语。"众道童听了更气,都说:"我们不懂那一套,你不要乱说,耽误师傅的病你可吃罪不起!"众人正在七言八语地吵着,

① 华佗随师傅来到内殿,被眼前的一切镇住了。
② "白天炼丹药,夜晚读药书"写出了华佗学医的刻苦和专心。

急躁(jí zào):想马上达到目的,不做好准备就开始行动。
胡言乱语(hú yán luàn yǔ):指没有根据,不符实际地瞎说,或说胡话。

只见治化道人忽地坐起来,说:"他能吃罪得起!"大伙一看,都愣住了,齐问:"师傅!你的病好了吗?"治化道人哈哈大笑说:"你们华师兄说得对,我没有病,是我故意装病,来试试你们的本领的。"众人听了,个个惭愧,无言可答①。

华佗回到前院,刚进内殿,便大吃一惊!原来桌上放的几本药书,被灯引着了,烧成了灰。华佗顿时手足无措,感觉没法对师傅讲,因为这是师傅的宝贝。俗话说,人急生智,他忽一转念:这几本药书我早已背熟,就用个把月的时间再重写一份吧,师傅纵然知道也不会怪罪我了。华佗想到这里,便动手写了。他白天炼丹药,夜晚写药书,写了一个月零三天,才把几本药书写好②。

一天,华佗提笔正要写书皮,赶巧,治化道人走了进来。华佗忙起身让座,治化道人只开口说:"华佗,把那几本药书拿来给我。"华佗一听心神慌乱,连忙把刚写好的几本药书递了过去。治化道人看了看说:"这不是我原来的药书啊!"华佗连忙跪下说:"弟子不慎,原书已被烧毁。我恐师傅怪罪,凭脑子记忆,又写了出来。请师傅详查。"治化道人听了哈哈大笑说:"我早已知道了。不瞒你说,那次烧的不是药书,是几本废纸,药书在这里。"华佗抬头一看,果然不错,师傅手中捧的正是那几本药书。他惊奇地问道:"师傅,这是怎么一回事?"

① 治化道人装病来试试众师兄弟的本领,华佗经受住了师傅的考验。
② 能够把书中的内容默写下来,可见华佗平时读医书的认真。

惭愧(cán kuì):因为自己有缺点、做错了事或未能尽到责任而感到不安。

治化道人笑着说:"那次失火烧书,是我差人用偷梁换柱之计,特意试试你的本领的①。"

治化道人又说:"华佗,你已经来了六年啦!本领也学得差不多了,从今天起你就下山为黎民百姓治病去吧。"华佗忙跪下哀求:"弟子本领太差,还望师傅再留我一年!"治化道人说:"眼下世道乱,瘟疫流行,我不能再留你了。只是今后要记住,多向高明同行请教。"华佗说:"师傅的教训弟子记下了。只是弟子回去,一无药,二无针,如何去给黎民百姓消除瘟疫呢?"治化道人微笑说:"这个不难,'药草到处有,就靠两只手,人人是师傅,处处把心留'。把我这四句话记住,就什么都不会缺了。"华佗记下了师傅交代的话,辞别师傅,肩背药包下山去了。

华佗回到家乡,肩背药包到处为人治病,没药便自己采,常常使人药到病除,消灾免痛。不多久,华佗的名声就传开啦②!

① 从"惊奇"一词,可以看出华佗的出乎意料,另外也有医书没有被烧毁的惊喜之情。
② 赞美了华佗一心为百姓看病的高尚品质和医术的高明。

偷梁换柱(tōu liáng huàn zhù):比喻用欺骗的手法暗中改变事物的内容或事情的性质。
辞别(cí bié):临行前告别。

# 包公的故事

人物介绍
- 人物名称：包公
- 人物身份：官府职员
- 外貌特点：面黑
- 性格特点：铁面无私、公正廉洁，爱民如子
- 相关事件：秃山种树；吃瓜给钱；包公吃稻谷；包公审石头

读懂经典文学名著，
爱读会写学知识
★ 听故事学知识
★ 跟名师精读名著
★ 名著读写方法指导

## 故事梗概

包公是一个家喻户晓的人物，他的故事一直被广泛流传。他一身正气、两袖清风、铁面无私、执法如山、体恤民情、爱民如子，是公平正义的化身，是人们心目中的偶像。今天，我们就一起领略一下包公的精神吧。

## （一）胭脂山

天长县城内有座山叫胭脂山，满山尽是桃树，一到开花时便火艳艳的像胭脂，因此人们叫它胭脂山[①]。

传说胭脂山上的桃树是包公领头栽的。当年包公到天长县任知县，一到县衙就换下官服出来查访。为什么呢？一看山形地势，二察民情嘛！巧不巧，出门就看到一个秃山堆，光秃秃的，黄蜡蜡的，很难看。回到衙门后，包公就找几个老人来商议："乡亲们，这山可好？""好啥？像秃子一样难看，一下暴雨，黄泥水漫得到处都是，可气人了[②]。"

包公一听这话就下决心想办法治理这秃山堆[③]。怎么治理呢？把它移走，那工程可就大了。再说初上任还有很多事要处理，也顾不上这么多。但他马上想到了栽树，山上有树犹如人穿上衣裳，就不难看了。主意一定，包公就从县库里拨了些钱买树苗。他吩咐手下全部买桃树，常言说"桃三杏四梨五年"，桃树既好看，果子也好吃。树苗买来后，包公亲自上山去栽。衙役们看到知县大人亲自拎锹扛苗去栽，也纷纷跟着去。老百姓更加高兴，来的人更多了。人多好办事，一天工夫，山上就栽满了桃树苗。

到第二年春天，只见满山绿茵茵的，待开花时，满山红艳艳的，夕阳一照，更是遍地火红，连山上的土也变红了。于是人们便把这座山叫

---

[①] 开门见山，介绍胭脂山名字的来历。
[②] 秃山堆给当地百姓带来的烦恼，为下文包公治理秃山堆埋下了伏笔。
[③] 这句话体现了包公关心百姓疾苦的品质。

作胭脂山了①。

### （二）清不过包公

包公是个铁面无私的清官，真正做到了"王子犯法，与民同罪"。那年，包公铡了不认前妻的驸马陈世美，皇上怀恨在心，借个名儿便把包公削职为民。但这样，皇上还不解恨。当天，皇上便把大太监和小太监召到皇宫，商议了一阵。最后，两个太监给皇上出了一个计策，皇上听后点头微笑，吩咐他们照办，事成后大大有赏②。

包公被削了职，京城大栈小店，都受了皇家嘱咐，不准留包公过夜，包公只好收拾收拾，当日动身返乡。包公为官清正，如今两袖清风，雇不起车马，由老家人包兴挑着行李，自己跟在后面安步当车，却没有料到太监跟在后面盯梢。

当时正是六月暑天，包公走出京城后，没多远，便汗流浃背。走了半日，走到一座山下时，包公热得不行，口渴得要命③。可是这里前不依村，后不着店，既无池，也无井，只有一块瓜地。青葱葱的瓜藤上开了黄黄的花，西瓜儿长得溜圆。包公咂咂嘴，周围又没人，为了解渴，就摘下个西瓜，放在膝盖上，用拳头"嘭嘭"两下砸开，就和包兴大口大口地吃了起来。他们一口气儿吃了两个大西瓜。两个太监早看在眼

① 照应文章的开头。
② 到底是商量的什么计策来对付包公呢？激发了读者的阅读兴趣。
③ 运用夸张的修辞手法，来说明天气热。

两袖清风（liǎng xiù qīng fēng）：指做官廉洁。
安步当车（ān bù dàng chē）：慢慢地步行，就当作是坐车。

里，大太监对小太监说："古来君子是'瓜田不纳履，李下不整冠'，包黑子偷瓜吃，还能算是清官吗？逮他去见皇上！"正要动手，却见包公掏出几个铜钱，放在瓜藤上，然后上路了。两个太监无可奈何地摆摆手："吃瓜给钱，那有啥说的①。"

傍晚，包公在小镇一家小客栈休息，两个太监也跟着进去。包公囊资不丰，就叫了素菜、米饭。哪知这家客栈小，米不太干净，碗里尽是稻谷，包公只得边吃边挑，一桌子上堆的尽是谷粒。这又让两个太监看在眼里，小太监对大太监说："糟蹋粮食遭雷打，捉他去，好为皇上出气！"正说着，又见包公抓起谷粒，一粒一粒放在嘴里嗑去稻壳，吃了米粒，真是"盘中之餐，一粒未废"！这有什么好说的？鸡蛋里挑骨头也挑不出来，大太监与小太监只好大眼瞪小眼②。

走着走着这就要到淮河边上，眼看包公就到家了，两个太监还未抓到包公的把柄，怎好向皇上交差呢？

于是，两人又嘀嘀咕咕地商量了一个计策：大、小太监连夜从小路赶到包公前面，在淮河边上坐等，等包公一到，他们一个拉腿，一个推背，把包公推到一堆脏东西上。他们以为这样，包公准会到淮河里去洗手，淮河有人淘米、洗菜，到时就安他个玷污河水的罪名。这真是啥坏点子都想到了。哪知包公的手被弄脏后，叹口气爬起来，正想到河里去

---

① 借两个太监的话表现了包公不白吃西瓜，吃后付钱，从侧面表明包公的清廉。
② "大眼瞪小眼"表现了两个太监的无奈，表明他们的计谋又落空了。

糟蹋（zāo tà）：浪费或损坏。

## 包公的故事

洗，瞥眼一看，河边的人淘米的淘米，洗菜的洗菜，提水的提水。他怔了怔，心想：这如果洗手的话，岂不是弄脏了饮用水吗？于是，包公走到河边，用干净的那只手掬水含到嘴里，然后离开水边，到坡上吐出水来再冲洗。

两个太监看着，一点儿办法也没有，心想：包黑子真是天下难有的铁清官，就是跟他一万年，怕也找不到他的污点。两个人只好垂头丧气地回去复命①。

这事一传出来，老百姓就说：毒不过皇上，奸不过太监，清不过包公。

### （三）包公审石头

从前有个小孩，爸爸死了，妈妈病了，日子真不好过。小孩每天一早起来，提着一篮子油条，一边跑，一边嚷："卖油条喽！又香又脆的油条，两个铜钱买一根。"

有一天，他把油条全卖完了，坐在路边一块石头上，把篮子里的铜钱一个一个地数了一遍，正好一百个。由于卖油条，他把一双手弄得油乎乎的，用手数铜钱，把铜钱也弄得油乎乎的②。他瞧着这些油乎乎亮闪闪的铜钱，可高兴了，心想：今天卖了一百个铜钱，可以给妈妈买药了。但小孩跑了一上午，累坏了，他把头一歪，靠在石头上就呼呼地睡着了。他睡了好一会儿才醒来："哎呀，我得赶快给妈妈买药去。"小孩站起来一看，糟了，篮子里的铜钱一个也没有了。小孩又着急，又伤

---

① 运用夸张的修辞手法，突出了包公是天下难得的清官。
② "铜钱也弄得油乎乎"为下文包公断案找到小偷做了铺垫。

心,呜呜地哭了起来。

这时候,正好包公从这儿走过。包公是什么人呀?包公是个官,黑脸黑胡子,大家又叫他"黑包公"。他办事公道,又很聪明。包公看见小孩哭得很伤心,就问他:"小孩,你为什么哭呀?""我卖油条的钱不见了,呜——呜——""谁偷了你的钱?"包公又问。"不知道。我靠在这块石头上睡着了,醒来一看,钱就不见了。呜——呜——"小孩一个劲儿地哭。包公想了一想说:"我知道了,一定是这块石头偷了你的钱,我来审问这块石头,叫它把钱还给你。"看热闹的人哄笑起来:"石头怎么会偷钱?""石头怎么会说话?""人家都说包公聪明,原来是个糊涂蛋[①]!"

包公听了很生气,就说:"我审石头,你们怎么说我的坏话?哼,你们每个人都得罚一个铜钱!"包公叫手下的人借来一只盆子,倒上水,让每个看热闹的人往盆子里丢一个铜钱。

看热闹的人没办法,只好排着队每人往盆子里丢一个铜钱,扑通,扑通,扑通……有一个人刚把铜钱丢进盆子里,就被包公手下的人抓住了。包公指着这个人说:"你是小偷,你偷了小孩卖油条得来的铜钱!"原来,他丢下铜钱时,水面上浮起了一层油,所以他的铜钱一定是趁小孩睡觉的时候偷来的[②]。那个小偷没办法,只好把一百个铜钱还给小孩。大家都说,包公真聪明。

① 通过众人的议论,更加衬出包公断案的高明。
② 此处道出包公抓住小偷的原因,同时,侧面表现出包公的观察细致入微。

# 阿诗玛的故事

- 人物介绍
  - 人物名称：阿诗玛
  - 外貌特点：美丽
  - 特长：能歌善舞、绣花、织麻
  - 性格特点：不被荣华富贵所利诱、坚贞、勇敢、乐观、睿智

- 坎坷经历：阿诗玛与阿黑定亲；拒绝热布巴拉的霸道求亲；联手阿黑逃出热布巴拉家；阿诗玛落水得救并变成石峰

## 故事梗概

阿诗玛不仅美丽善良而且聪慧有气节，她不被财主的荣华富贵所利诱，也不畏财主的毒打和恐吓，至死不渝地坚持自己的爱情，感染了一代又一代的人。今天我们就一起看一看她那感人的故事吧。

从前有个叫阿着底的地方，贫苦的格路日明家生下了一个美丽的姑娘，阿爹阿妈希望女儿像金子一样发光，因此给她起名叫阿诗玛①。

阿诗玛渐渐长大了，像一朵艳丽的花一样美丽。她能歌善舞，那清脆响亮的歌声，经常把小伙子招进公房。她绣花、织麻样样能干，身上散发出像石竹花一样的清香。喜欢她的小伙排起了长队，不过在阿诗玛的心里头，只有她的阿黑哥一个②。

阿黑是个勇敢智慧的撒尼族小伙子。他的父母在他十二岁时，被土司虐待而死去。他被财主热布巴拉抓去服劳役。一天，他为主人上山采摘鲜果迷了路，在深山密林里挨冻受饿，受尽了折磨，因怕主人责骂，不敢回去。正在这时，他遇到了放羊的阿诗玛，她把阿黑领回了家。阿黑被阿诗玛的阿爹阿妈收养为义子。从此，阿黑和阿诗玛两小无猜，相亲相爱。

渐渐地，阿黑长成了大小伙子，他的性格像高山上的青松——断得弯不得，成了周围撒尼族小伙子的榜样。人们唱歌夸赞他道：

圭山的树木青松高，
撒尼小伙子阿黑最好，
万丈青松不怕寒，
勇敢的阿黑吃过虎胆③。

① 介绍阿诗玛名字的由来。
② 侧面描写了阿诗玛的美丽。
③ 引用人们对阿黑的赞歌，突出阿黑勇敢无畏的性格特点。

## 阿诗玛的故事

阿黑十分勤劳，很会种庄稼。他在石子地上开荒种苞谷，苞谷比别人家的长得旺，苞谷穗也比别人家的长得长。他上山砍柴，比别的小伙子砍得都多。他从小爱骑马，而且不用马鞍辔头。他调理的马，骑起来矫健如飞。他拉弓射箭，百发百中。他的义父格路日明，把神箭传给了他，使他如虎添翼[①]。

阿黑喜欢唱歌，他的歌声特别嘹亮。他还擅长吹笛子和弹三弦。他吹的笛声格外悠扬，他弹的弦子格外动听，不知吸引过多少姑娘。这年火把节，阿诗玛与阿黑互相倾吐了爱慕之情以后，这对义兄妹便定了亲。

有一天，阿诗玛去逛街，被阿着底财主热布巴拉的儿子阿支看中了，声称要娶阿诗玛做媳妇。他回家央求父亲热布巴拉，要父亲请媒人为他提亲。热布巴拉早就听说过阿诗玛的美名，他马上答应了儿子的请求，请了有权有势的媒人海热，立即到阿诗玛家说亲。海热到了阿诗玛家，夸热布巴拉家富甲一方，阿诗玛嫁过去会享受无尽的富贵荣华[②]。阿诗玛听了之后说："热布巴拉家不是好人家，他家就是栽起鲜花引蜜蜂，蜜蜂也不理他。清水不和浑水一起流，绵羊不能伴豺狼。"阿诗玛的回答，惹恼了海热，他威胁说："热布巴拉家是阿着底有钱有势的人家，热布巴拉的脚跺两跺，阿着底的山都要摇三摇。你想好了，要是

---

① 从正面描写阿黑的勤劳能干、技艺超群。
② 描写热布巴拉家比较富裕，但阿诗玛却不为所动。

不嫁过去，当心丢了家①。哼！"阿诗玛不管海热怎样威胁利诱，就是不嫁。

转眼间，秋天到了，阿着底水冷草枯，羊儿吃不饱肚子，阿黑要赶着羊群到很远的滇南温暖的地方去放牧。临走时，阿黑向阿诗玛告别，他们互相勉励，互相嘱咐，依依不舍。阿黑走后，热布巴拉便起了歹心，派打手和家丁如狼似虎地抢走了阿诗玛。可是，坚贞的阿诗玛忠于她与阿黑的爱情，她被抢到热布巴拉家以后，在热布巴拉夫妇的威逼利诱面前，拒绝与阿支成亲。财主捧出金银财宝，指着满满的谷仓和成群的牛羊对阿诗玛说："你只要答应嫁给阿支，这些都是你的。"阿诗玛瞧也不瞧，轻蔑地说："这些我不稀罕，我就是不嫁你们家。"阿支急得像只猴子上蹿下跳，恶狠狠地骂道："你不答应嫁给我，我就把你家赶出阿着底！"阿诗玛毫不畏惧："大话吓不了人，阿着底不是属于你一家的。"热布巴拉见阿诗玛软硬不吃，恼羞成怒，他命令家丁用皮鞭狠狠地抽打阿诗玛，把她打得遍体鳞伤。阿诗玛被关进了黑牢，但她坚信，只要阿黑知道她被关在热布巴拉家，一定会来救她②。

一天，阿黑正在牧羊，阿着底报信的人找到了他，向他报告了阿诗玛被抢的消息。阿黑闻讯后，很为阿诗玛的安危担心，他立刻跃马扬鞭，日夜兼程，跨山涧，过险崖，从远方赶回家来搭救阿诗玛。

他来到热布巴拉家门口，阿支紧闭铁门不准进，提出要与阿黑对歌，唱赢了才准进门。阿支坐在门楼上，阿黑坐在果树下，两人对歌

① 通过海热的话侧面写出了热布巴拉的霸道。
② 无论热布巴拉如何威逼利诱，阿诗玛毫不动摇，可见她对爱情的坚贞。

## 阿诗玛的故事

对了三天三夜。那个阿支本来就愚蠢笨拙，越唱越没词，急得脸红脖子粗，声音也变得像癞蛤蟆叫似的，越来越难听了；而有才有智的阿黑，越唱越起劲，脸泛笑容，歌声响亮。阿黑终于唱赢了，阿支只得让他进了大门。但阿支又提出种种刁难的条件，要和阿黑比赛砍树、接树、撒种。可是他哪里是勤劳又聪明的阿黑的对手啊？每一项比赛，阿支都输得一塌糊涂①。

热布巴拉眼看儿子难不住阿黑，只会丢丑，便想出一条毒计，皮笑肉不笑地假意说："天已经不早了，你先好好睡一觉，明天再送你和阿诗玛一起走吧！"阿黑答应住下，他被安排睡在一间没有门的房屋里。半夜，热布巴拉指使他的家丁放出三只猛虎，企图咬死阿黑。阿黑早有准备，当老虎张开血盆大口向他扑来时，他拿出弓箭，对准老虎连射三箭，射死了老虎。第二天，热布巴拉父子见凶猛的老虎都被射死，又吃惊又害怕，只好答应放了阿诗玛。可当阿黑走出大门等候时，热布巴拉又立即关闭了大门，要赖拒绝放出阿诗玛。

阿黑忍无可忍，立刻张弓搭箭，接连射出三箭。第一箭射在大门上，大门立即被射穿；第二箭射在堂屋柱子上，房屋给震得嗡嗡响；第三箭射在了供桌上，震得供桌摇摇晃晃。热布巴拉吓慌了神，连忙命令家丁拔下供桌上的箭。可是，那箭好像生了根，没人能够拔得下。他只好叫人打开黑牢门，放出了阿诗玛，向她求情道："只要你把箭拔下来，我马上就放你回家。"阿诗玛鄙夷地看了热布巴拉一眼，走上前

---

① "每""一塌糊涂"无论阿支如何刁难，阿黑都能够打败阿支，通过阿支的失败衬托阿黑的无所不能。

去，像摘花一样，轻轻拔下箭，然后同阿黑一起，离开了热布巴拉家①。

热布巴拉父子眼巴巴看着阿黑领走了阿诗玛，心中很不服气，但又不敢去阻拦。可心肠歹毒的父子俩不肯罢休，他们又想出丧尽天良的毒计。他们知道阿黑和阿诗玛回家，要经过十二崖子脚，便打算勾结崖神，把崖子脚下的小河变成大河，淹死阿黑和阿诗玛。

热布巴拉父子带着家丁，赶在阿黑和阿诗玛过河之前，来到崖子脚，用重金乞求崖神把小河变成了大河，而且趁山洪暴发把小河上游的岩石扒开，本来舒缓宁静的小河顿时巨浪滔天。正当阿黑和阿诗玛过河时，洪水滚滚而来。阿诗玛被卷进了湍急的水流里，阿黑只听到阿诗玛喊了声"阿黑哥来救我"，就再也没听见她的声音，也看不见她的踪影了②。

阿诗玛不见了！阿黑挣扎着上了岸，到处寻找阿诗玛。他大声地呼喊："阿诗玛！阿诗玛！阿诗玛！"可是，只听到那十二崖子顶回答同样的声音："阿诗玛！阿诗玛！阿诗玛！"

原来，十二崖子上的应山歌姑娘，见阿诗玛被洪水卷走，便跳入旋涡，排开洪水，救出阿诗玛并将她变成了石峰，化成了回声。从此，你怎样喊她，她就怎样回答你。她的声音、她的影子永远留在了人间③。

① 运用比喻的修辞手法，生动形象地写出了阿诗玛拔箭的轻松。
② 一个"卷"字，生动形象地写出了洪水的汹涌。
③ 介绍阿诗玛被救后的情况。

丧尽天良（sàng jìn tiān liáng）：完全失去了人性，形容极端残忍、狠毒。
旋涡（xuán wō）：气体、液体等旋转时形成的螺旋形。

# 狼来了

**人物介绍**
- 人物：孩子
- 职责：放羊
- 缺点：爱撒谎
- 表现：戏弄村民
- 结果：得到了惨痛的教训——他的羊全被狼咬死了

**故事寓意**
说谎是一种不好的行为，它既不尊重别人，也会失去别人对自己的信任。我们应该培养诚恳待人的良好品质

## 故事梗概

一个放羊的孩子连续骗村民两次说狼来了，所有的人都跑来帮他，而他只是哈哈大笑。这分明是他搞的一个恶作剧。等到第三次狼真的来了的时候没有人来帮他，最后羊都被狼咬死了。

从前，有个小孩子每天赶着一群羊到山里去吃草。有一天，这个小孩子忽然大叫起来："狼来了，狼来了！"在山里种地、打柴的人听说狼来了，都赶紧放下手里的活儿，带了镰刀、锄头、扁担，飞快地跑来打狼救孩子。大伙儿跑到跟前一看，羊正在乖乖地吃草，狼在哪里呀？大伙儿问小孩子，小孩子却哈哈大笑起来①。

原来根本没有狼，是这个小孩子闹着玩儿呢！大伙儿很生气，批评了小孩子一顿，叫他以后不要再说谎了，就回去干活儿了。

过了几天，大伙儿正在忙着，又听见那个放羊的小孩子在喊："狼来了，狼来了！"大伙儿跟上回一样，连忙放下手里的活儿，带了镰刀、锄头、扁担，赶来打狼救孩子，谁知道又上当了②。

"上回批评你了，叫你不要说谎，你为什么又说谎了？"这个小孩子呢，只见他正得意地大笑着，认为自己的本领大，连大人都会上当。

又过了几天，这个小孩子又喊了起来："狼来了，狼来了，快来打狼啊！"大伙儿听见了，谁也不去理他。这个说："这孩子说了两次谎，这回准又说谎了。"那个说："咱们上了两次当，这回再也不上他的当了③。"

哎呀，但这回狼真的来了，张着血红的嘴巴，露出尖尖的牙齿，见了羊就咬。咬了羊，又来咬这个小孩子。"狼来了，狼来了！快来打狼

① "哈哈大笑"写出了小孩撒谎给自己带来的满足感，为他下次撒谎做了铺垫。
② "又"字写出了这个撒谎的孩子故伎重演，再次欺骗了人们。同时也为下文狼真的来了却没有人来相助埋下了伏笔。
③ 当狼真的来了的时候，由于前两次撒谎，人们再也不相信他说的话了。

## 狼来了

啊!"这个小孩子一边跑,一边叫,可是谁也不来救他了。

还好这个小孩子从山坡上滚了下来,没让狼咬着,可是他的羊全被狼咬死了。打这以后,这个小孩子再也不敢说谎了[①]。

---

[①] 因为撒谎,没有人来救他了,他得到了惨痛的教训。

# 百鸟朝会

**太有趣了，名著！** | 图说中国民间故事

人物介绍
- 人物：阿扎玛娜
- 外貌：美丽
- 性格：勤奋、善良
- 特点：多方面能手
- 特长：刺绣
- 表现：她绣出的鸟儿能展翅飞翔

读懂经典文学名著，爱读会写学知识
★ 听故事学知识
★ 跟名师精读名著
★ 名著读写方法指导

不幸遭遇：好色的小官亨洛抢走了阿扎玛娜，乡亲们纷纷拿着刀去追赶，虽然射死了小官亨洛，但是阿扎玛娜却掉下了悬崖，她死后变成了一只美丽的金孔雀

## 故事梗概

相传有一个美丽善良的姑娘心灵手巧，发奋学习刺绣，绣的鸟儿活灵活现。好色的小官亨洛想抢走美丽的姑娘，被众乡亲射死。但美丽的姑娘却遭遇了不测，后来美丽的姑娘知恩图报，变成一只孔雀时常来看望乡亲。

## 百鸟朝会

很久以前,一个瑶族小村子里住着一个勤俭的老头,名字叫扎妥耶。他非常善良,没有得罪过一个人,也没有做过一件坏事①。

扎妥耶六十岁了,仍然没有孩子,便去求女娲娘娘。女娲娘娘决定帮老人实现愿望。

一天晚上,扎妥耶老人梦到了一只孔雀。那只孔雀闪着金光,说:"我想当你们的女儿。"结果没多久,扎妥耶的老婆真的怀孕了。

后来孩子降生了,是个美丽的女孩,老两口给女儿起名叫阿扎玛娜。阿扎玛娜六个月的时候就会走路,三岁的时候就能放羊,六岁的时候就能绣花,七岁的时候就能到地里干活,到了十六岁的时候,人间所有的手艺,她都会了②。

美丽的阿扎玛娜到了十七岁,就能用灵巧的手绣出许多花草和鸟雀,这些图案就好像真的一样。阿扎玛娜并不满足,更加勤奋地学习刺绣,到了十八岁的时候,她绣出的鸟儿都能展翅飞翔。她一共绣了三百六十天,绣出了三百六十只鸟儿。这些鸟繁衍后代,让人间变得更加多姿多彩③。

好色的小官亨洛知道后,想娶阿扎玛娜做小妾。阿扎玛娜拒绝了亨洛的要求,可亨洛还是把她抢走了。

① "勤俭""善良"写出了这位老人的美好品质。
② 这里交代了小姑娘成长的过程。可以看出这个美丽的女孩非常聪明,是个多方面的能手。
③ 整句不仅写出了阿扎玛娜的勤奋好学,还写出了阿扎玛娜心灵手巧,能够绣出会飞的鸟儿。给人间带来了更多的美丽。

手艺(shǒu yì):手工业工人的技术。
刺绣(cì xiù):手工艺的一种,用彩色丝线在纺织品上绣出花鸟、景物等。

乡亲们知道了阿扎玛娜不幸的遭遇，纷纷拿着刀箭去追赶，虽然射死了亨洛，但是阿扎玛娜却掉下了悬崖。她被救上来的时候已经奄奄一息。当天晚上，她就变成了一只美丽的金孔雀飞走了。从那以后，孔雀每年都要带着许多的鸟来村里，人们都说是阿扎玛娜来看乡亲们了①。

① 美丽的姑娘化作孔雀，时常来看望乡亲，表现她知恩图报，深深眷恋着故土。

奄奄一息（yǎn yǎn yī xī）：指生命垂危。也比喻事物近于灭亡。

# 长发妹

**人物介绍**
- 人物：长发妹
- 外貌：一头黑黝黝的头发由头顶拖到脚后跟
- 性格：善良、勇敢、孝顺
- 亲人：一个生病的妈妈
- 生计：靠养猪维持生活
- 贡献：发现石壁上的山泉

读懂经典文学名著，
爱读会写学知识
★ 听故事学知识
★ 跟名师精读名著
★ 名著读写方法指导

**开凿山泉**
背景：缺水的陡高山
起因：长发妹发现山泉
发展：山神警告长发妹不要把山泉的秘密告诉别人
经过：长发妹经过内心的斗争，战胜了恐惧，把山泉的秘密告诉了村里人
结果：山神要惩罚长发妹，老人帮助她逃过了惩罚

## 故事梗概

相传一个叫长发妹的女孩，住在一座没有水的陡高山附近。一天，她意外地发现陡高山上泉水的秘密。为了全村人的生活，她违抗了山神的命令，带领村民开凿泉眼，救下了全村人。今天就让我们一起看看她是如何帮助全村人的吧。

陡高山的山腰有一道长长的瀑布,像一个女人躺在悬崖上把她的又长又白的头发垂下山来一样。当地的人把这瀑布叫作白发水。这里流传着一个美丽的传说。

很早以前,陡高山附近是没有水的。这里的人们吃的、用的水都要靠天降雨;若天不降雨就得到七里外的小河里去挑水。这里的水像油一样宝贵①。

陡高山附近的村庄有个姑娘,她的头发黑黝黝的,由头顶拖到脚后跟。她平日把头发盘在头顶上,头顶上盘不完就绕在颈上、肩上。大家都叫她长发妹。

长发妹只有一个生病的妈妈,躺在床上动弹不得。家里靠长发妹养猪来维持生活。

长发妹每天到七里外的小河里挑水,又到陡高山割猪菜回来喂猪②。

有一天,长发妹背起竹篮到陡高山上去割猪菜。她爬过悬崖,看见一个萝卜菜长在大石壁上,叶子翠绿,非常可爱。她想:把这个萝卜拔回家煮着吃,一定香甜可口。

于是,她双手用劲一拔,拔出一个圆圆的洞眼,从洞眼里流出一股清清的泉水来。可是不一会儿,"唰"的一声,萝卜从她手里飞了出来;"咚"的一声,萝卜仍旧塞在石壁上的洞眼里,水流不出来了。

长发妹口渴,想喝水。她又把萝卜拔出来,洞眼里又流出了泉

---

① 将水比作油,写出了陡高山附近水的珍贵。
② "每天""又"写出了长发妹的勤劳和生活的艰辛。

维持(wéi chí):使继续存在下去;保持。

## 长发妹

水。她用嘴凑近洞眼,饱饱地喝了几口水。这水清凉甜蜜,像雪梨汁一样。她的嘴刚离开石洞眼,"唰"的一声,萝卜从她手里飞了出来;再"咚"的一声,萝卜仍旧塞在石壁上的洞眼里,水流不出来了①。

长发妹在悬崖上呆呆地望着。

忽然,一阵大风刮来,把长发妹刮到了一个山洞里。

山洞里,一个满身黄毛的人坐在石墩上。他对长发妹恶声恶气地说:"我是山神,我这个山泉的秘密被你发现了,你可不能告诉别人。你若告诉别人,别人也来这里取水,我就杀死你。你记着②!"

一阵大风刮来,把长发妹刮到山脚下。

长发妹忐忑不安地走回家。她不敢把泉水的事告诉妈妈,更不敢告诉村里的人。

长发妹原来是个活泼的孩子,近来却变成呆头呆脑的笨孩子了。

她看见田地里的土块干巴巴的,庄稼枯黄枯黄的;她看见村上的男女老少,每天挑着水桶到七里外的小河里去挑水,累得汗流浃背,气喘吁吁。她想告诉村里的人:陡高山上有泉水,只要拔掉萝卜,砍碎萝卜,凿大洞眼,泉水就会哗哗流下山来。她嘴一张,刚说出"陡高山上有……",可一想到凶恶的黄毛人,她就把话就咽进肚子里去了。

① 长发妹发现萝卜就是泉水的开关,它会自动堵住泉眼。
② 通过语言和外貌描写,突出了山神的凶恶。

呆头呆脑(dāi tóu dāi nǎo):形容迟钝的样子。

长发妹痛苦极了!她吃不下饭,也睡不着觉①。

她的眼睛不再是水汪汪的,而是阴黯黯的了。她的脸蛋不再是红扑扑的,而是黄蜡蜡的了。她的长头发不再是黑黝黝的,而是枯焦焦的了②。

妈妈看在眼里,急在心上,她抓住长发妹瘦瘦的手说:"孩子,你生病了吗?"

长发妹咬住嘴唇,不说话。

一天一天过去,一月一月过去。长发妹的头发由黑黝黝变成了雪白色。她没有精神梳理,也没有精神挽起,这雪白色的长头发披散在身上,她看起来就像一个白毛人。

"啊!好奇怪啊!年纪轻轻的姑娘,满头雪白的头发!"这话在各处传讲着。

长发妹呆呆地靠在大门口,望着来来往往的忙着去挑水的人们。她喃喃地说:"陡高山上有……"她说到这里,就用牙齿紧咬住嘴唇,咬出一个个的血印子。

有一天,长发妹靠在门口,看见一个白胡子老人由七里外的小河里挑回一担水,颤巍巍地在路上走。一不留神,他碰着一块石头,跌倒在地上。水洒光了,水桶坏了,老人的腿撞破了,鲜血一直淌。

长发妹跑过去扶起老人。她撕下一块衣襟,蹲下来替老人包扎伤

① 表现了长发妹纠结、痛苦的心情。
② 通过外貌描写,突出了长发妹既想要告诉村里人泉水的秘密又害怕山神的矛盾心情。

## 长发妹

口。她听着老人哎哟哎哟地哼着,望着老人那紧闭着的眼睛、脸上抽搐的皱纹。

长发妹自言自语地说:"长发妹,你好怕死啊!因为你怕死,田地上的泥块才干巴巴!因为你怕死,田地上的庄稼才黄枯枯!因为你怕死,全村的人才汗流浃背、气喘吁吁!因为你怕死,老爹爹才跌断了脚!你,你,你①……"

她捶打着自己的头。

她再也忍不住了。她忽然大声地对老人说:"老爹爹,陡高山上有泉水啊!只要拔掉萝卜,砍碎萝卜,凿大石洞眼,泉水就会哗哗地流下山来了。真的,真的!我亲眼见过!"

她不待老人回答,就站起来披着长长的白头发,像疯子一样在村上来回跑着,大声呼喊:

"陡高山上有泉水啊!只要拔掉萝卜,砍碎萝卜,凿大石洞眼,泉水就会哗哗地流下山来了。真的,真的!我亲眼见过!大家快去吧!"

接着她又说出发现泉水的经过,只是没有把山神的话说出来。

村里人素来认为长发妹是个好心肠的孩子,大家都相信她的话。

村里人有的拿菜刀,有的拿钢凿,跟着长发妹爬上陡高山,爬过大悬崖。长发妹双手拔下石壁上的萝卜,丢在石头上,说:"大家砍碎这

---

① 通过长发妹的自言自语,表现出长发妹的自责和愧疚,她把所有的错都揽到自己身上。

萝卜，快！砍碎它，快①！"

几把菜刀瞬间把萝卜砍成了碎渣渣。

石洞眼的泉水哗哗地喷出来了。可是，石洞眼只有茶杯大，泉水流出的不多。

长发妹又说："大家用钢凿使劲儿凿啊！把石洞眼凿得宽宽的，快凿呀！快凿呀！"

几把凿子，"叮叮咚咚"，凿呀凿。不一会儿，石洞眼有大碗那么大了！又过了一会儿，石洞眼有水桶那么大了！再过一会儿，石洞眼有大水缸那么大了！

泉水哗哗地向山下奔流下去。村里的人，哈哈笑起来②。

就在这个时候，一阵大风刮来，长发妹不见了。

大家尽望着泉水笑，没有发觉长发妹不在身边。

后来有个人说："长发妹呢？"随着有人回答："大约她先回家了——先回家向病在床上的妈妈报告好消息去了吧！"

大家欢欢喜喜地爬过悬崖，走下山来。可是，长发妹并没有先回家，而是被山神抓去了。

山神用一阵风把长发妹抓进山洞。他大声叱责说："叫你不要告诉别人，你却带来大批人来砍碎萝卜，凿大石洞眼。现在我要把你杀死！"

---

① 连用两个感叹句。表现出长发妹迫不及待的心情。
② 山上有了泉水，村民们的生活方便多了，大家都很高兴。

叱责（chì zé）：大声地斥责。

# 长发妹

长发妹披着白头发,冷冷地说:"为了大家我愿意死[①]!"

山神磨着牙齿说:"我不让你好死!我要让你躺在悬崖上,让泉水从高处冲在你身上,让你长期经受痛苦!"

长发妹冷冷地说:"为了大家,我愿意挨水冲。可是,我请求你让我回家一趟,托人照顾我的妈妈和几个猪仔[②]。"

山神想了一想,说:"你可以回家一趟。你若不来,我就封住水口,还要杀死全村的人!你来时,自己躺在悬崖上挨水冲,不要再来麻烦我了!"

长发妹点点头。一阵大风把长发妹从洞里刮到了山脚。

长发妹望着山上的泉水哗啦啦地流下山来,望着田地里水汪汪的,望着庄稼绿油油的,她笑了!

回到家里,她不敢告诉妈妈实情,只说:"妈,陡高山上有水流下来了,以后村里不愁水了。"接着又说,"妈,邻村的小姐妹邀我去玩几天,我交代隔壁婶婶来照顾你和小猪。"

妈妈笑着答应说:"好的!"

长发妹到隔壁交代了婶婶,又回家来摸摸妈妈的脸,说:"妈,我说不定要在邻村玩十多天啊!你别担心……"

妈妈说:"你高兴玩就玩吧!隔壁婶婶是个好人,会照顾我的。"

长发妹摸摸妈妈的脸,摸摸妈妈的手,她的眼泪滴下来了[③]。

---

① 表现了长发妹不畏死亡的精神。
② 长发妹并不害怕山神,但是她担心她的妈妈,表现出了她的勇敢和孝顺。
③ 揭示了长发妹对妈妈的不舍之情。

长发妹到猪栏边，摸摸小猪的头，摸摸小猪的尾巴，她的眼泪又滴下来了。

她在房门口说了一句："妈，我走了！"不等妈回话，她就甩着长长的白头发朝陡高山走去。

半路上有一棵枝繁叶茂的大榕树。以前，长发妹经过这里，总坐在树边的石块上乘凉。

现在，长发妹走到树边，摸一摸树干，说："大榕树啊，以后我不能再来你下面乘凉了！"

忽然，大榕树后走出一个高大的老人，长着绿色的头发，绿色的胡子，穿着一身绿色的衣服①。他说："长发妹，你去哪里呢？"

长发妹叹了一口气，低着头不出声。

老人说："你的事情我已经知道了。你是个好人，我要救你。我凿了一个石头人，和你很像。你来大树后面看吧！"

长发妹来到大树后，看见有一个大石头凿成的石姑娘，很像自己，只是没有头发。长发妹呆住了。

老人说："山神要你躺在悬崖上挨水冲，这苦可受不了呀！我把这石头人扛到悬崖上，让石头替你受刑。可是缺少长长的白头发。小姑娘，你忍痛吧！我把你的白头发拔下来，安在石头人的头上。这样，山神才不会疑心。"

老人不等她回答，就按住长发妹的头扯她的头发。然后安在石头人的头上。也奇怪，头发被安在石头上就像生了根一样。

① 绿头发老人的出现，让故事峰回路转。

## 长发妹

长发妹的头光了,石头人的头上却长满了雪白的长头发。

老人笑着说:"姑娘,你回家吧,这村里的田地有水了,你和村上的人去耕种吧!以后村上人的生活会慢慢好起来的!"说完,他扛起石头人,飞快地朝陡高山跑去①。

老人扛着白头发的石人,走上陡高山,爬上悬崖。他把石人放在悬崖上,让急流的泉水冲着。泉水冲在石人身上,顺着石人的头发流下来,长长的,白白的②。

啊!白发水!白发水!

长发妹靠着树根看呆了。长发妹忽然觉得自己头上痒痒的,伸手一摸,啊!头发又长出来啦!啊!头发又长长地垂下来啦!

她用手拉过前面一看,啊!黑黝黝的!啊!黑黝黝的!她好开心,高兴得跳起来!

她在大榕树下等了许久,不见老人回来。忽然,微风吹来,树枝摇动,发出了声音:

"长发妹,山神这家伙被瞒住了,你好好回家吧!"

长发妹望望陡高山上长长的白发水,望望山脚下绿油油的庄稼,望望田头地尾欢乐的人们,望望枝繁叶茂的大榕树。她甩着黑黝黝的长头发,一蹦一跳地回家了③。

---

① 语言和动作描写表现了绿头发老人心地善良、乐于助人、爱憎分明的品质。
② 老人帮助长发妹逃过了山神的惩罚。
③ "一蹦一跳"可见长发妹心情的兴奋激动。

### 品读赏析

本文主要讲述了长发妹意外发现陡高山上泉水的秘密后，违抗山神的命令，带领村民开凿泉水的故事。文中最精彩的地方在于长发妹的心理变化历程：从刚发现泉水时的惊喜，到被山神威胁时的惊恐，到她内心的挣扎，再到最后视死如归的勇敢，心理变化一波三折，真实感人。

### 感悟启示

故事中善良的长发妹有一颗悲悯、善良之心。她为村民找到了甘泉，她的善心感天动地。要知道，无论何时何地，善良永不过期。我们做事也要不愧于心，要善良、勇敢。

# 阿巧养蚕

人物介绍
- 人物名称：阿巧
- 身世：母亲去世，父亲娶了后妈
- 性格特点：聪明能干、勤劳、善良

相关事件
- 阿巧跟白衣姑姑们学养蚕；
- 阿巧偷偷跑回家；
- 阿巧教村民养蚕

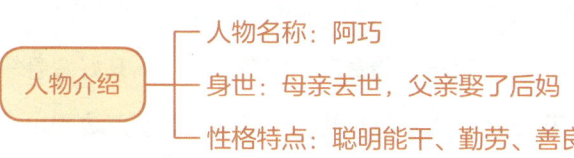

读懂经典文学名著，爱读会写学知识
★ 听故事学知识
★ 跟名师精读名著
★ 名著读写方法指导

**故事梗概**

　　相传，从前有一个聪明能干的小姑娘阿巧，她在半山沟割青草的时候遇到了一位穿白衣的女子，白衣女子邀请阿巧回家做客，在那里阿巧跟她学会了养蚕、抽丝、染色。后来阿巧把养蚕的方法教给了乡亲们，和全村的姑娘一起采桑叶、养蚕、抽丝、染色、织绸缎，还把美丽的绸缎裁成了衣服。

相传很久以前,有个聪明能干的小姑娘叫阿巧。她九岁那年,娘就死了,丢下她和弟弟,爹爹又给他们找了后娘①。后娘对两个小孩可凶了,寒冬腊月还要叫阿巧去割青草,阿巧没办法,只好拿着箩筐出去了。天寒地冻,哪里还有青草呢?阿巧从早到晚,从河边到山上,一棵草也没有割到。她又冷又饿,又不敢回家,怕遭到后娘打骂,只好把双手笼在袖口里,在山腰上伤心地哭了起来。这时她听到一个声音:"割草,到半山沟。"她抬头一看,原来是一只白头颈的鸟儿在说话。鸟儿说了两遍,便张开翅膀向半山沟飞去。

阿巧擦干眼泪,背起箩筐,半信半疑地紧跟鸟儿走去。走过山腰,白头颈鸟一下就不见了,只见前面挺立着一棵老樟树,好像一把大伞罩在沟口上。阿巧好奇地拨开树枝,走过樟树,只见一条弯曲的小溪。小溪两岸长满了红花绿草,像一座春天的花园②。她从来也没有见过这样美丽的地方,但也顾不得多看,便急忙蹲下身,高兴地割起草来。她边割边走,不知不觉走到了小溪边。箩筐里已经装满草了,阿巧刚想起身擦擦汗,忽然看见一位穿白衣的姑姑在向她招手。

白衣姑姑手里拎着一只细篾编的篮子,笑着对阿巧说:"小姑娘,到我们家去做客吧。"阿巧就微笑着跟她走了。走了一段路,阿巧抬头一看,只见半山都是一排排雪白雪白的房屋,屋前是一片片低矮的树林。走近一看,树上的叶子比手掌还大,有很多白衣姑姑正在采摘鲜嫩的大树叶。阿巧高兴地跟着白衣姑姑们一起走进屋里,这

① 介绍阿巧的身世。
② 运用比喻的修辞手法,生动地写出了小溪两岸的美丽。

## 阿巧养蚕

时，听到里面一片"沙沙沙"的声音，走近一看，原来是密密麻麻的小虫子在圆匾里吃树叶。

从那以后，阿巧就在这里住下了，她白天跟白衣姑姑们一起摘嫩叶，夜晚和白衣姑姑们一起喂雪白的小虫。小虫吃得真多，一夜要喂好几次。一天天过去了，小虫越长越大，最后爬到草丛里，吐出丝来把自己裹在里面。过了几天，就结成了雪白的花生果儿。姑姑们把这白花生果采下来，放在水里煮，然后抽出闪亮的丝线绕起来。最后又采来各色各样的果子，榨成汁后给丝线染上各种颜色，漂亮极了[①]。

阿巧边看边做，慢慢地把本领都学到了。这时白衣姑姑告诉她，雪白的小虫叫"天虫"，树叶叫桑叶，染好色的丝线是要送给天上的织女娘娘的。

时间过得真快。一晃三个月过去了，这天夜里阿巧做了一个噩梦，梦见后娘在毒打弟弟。她惊醒过来，天还没有全亮。阿巧心里想，如果能把弟弟接到这里来住，那该多好啊。于是她带上一张撒满天虫卵的白纸和两袋桑树籽，悄悄走出了姑姑们正甜睡着的房屋，沿着弯弯曲曲的小溪一直往前走。走过山坳那棵老樟树，外边的路就多了。她怕回来时迷路，就把桑树籽丢在两边。她想，明天只要找到这些树籽就能再回来[②]。

---

① 阿巧在这里目睹了养蚕、抽丝，给丝染色的全过程，为下文阿巧带着村里的姑娘们养蚕做了铺垫。
② 阿巧是一个聪明的姑娘，从这里完全能看出来了。

---

噩梦（è mèng）：可怕的梦。

阿巧回家一看，爹爹已经满头白发，弟弟也成了一个壮实的小伙子。后娘因阿巧出走，感到心中有愧，所以对弟弟也不再过分虐待，一家人倒也安康。爹爹见阿巧回来了，又高兴又难过地问："你一去怎么十五年才回家呢？这些年你在哪里啊？"这时乡亲们也都来看望她。阿巧便将这次奇遇一五一十地讲给大家听。大家都说："阿巧这次上山是遇上神仙了。"这个消息很快传遍了全村。

第二天清早，阿巧想到自己回家的事还没有告诉白衣姑姑们，就辞别爹爹又回到半山沟去。她来到沟口抬头一看，路两边已长满了绿茵茵的树林。原来是她撒下的桑树籽在一夜之间都长成桑树了。

沿着树林走去，看到了山坳里那棵老樟树。拨开樟树一看，怎么全是山，那弯弯曲曲的小溪哪里去了？阿巧正在对着老樟树发呆，那只白头颈的鸟儿又飞到她身边，对着她就骂："阿巧偷宝！阿巧偷宝！"骂了几声又飞走了①。

阿巧后悔临走时没告诉白衣姑姑们，还拿了一张满是天虫卵的纸和两袋桑树籽，白衣姑姑们一定是生气了，才把路隐去不让她再回去了。她只好回家，把那张天撒满虫卵的纸贴身藏在怀里，用自己的体温把它孵化，又叫弟弟劈竹打了几只大圆匾。

不久蚕宝宝便孵出来了，乡亲们都好奇地来瞧，阿巧就把养蚕的方法教给了乡亲们。阿巧和全村的姑娘们一起采桑叶，喂蚕宝宝吃，蚕宝宝很快长大结茧了。阿巧和姑娘们把茧收下来，放在水里煮，边煮边

① 白头颈的鸟儿，飞来咒骂阿巧。

绿茵茵（lǜ yīn yīn）：形容草地等一片碧绿。

# 阿巧养蚕

抽,抽出雪白的丝来。阿巧又学着白衣姑姑的样子,采来各色各样的果子,教姑娘们把丝线染上美丽的颜色,又把丝线放在织布机上织出许多绸缎来。最后,阿巧又教大家把绸缎裁成衣裳,从此,全村的姑娘们都打扮得漂漂亮亮的了①。

① 详细地写出了阿巧如何耐心地教大家养蚕。

绸缎(chóu duàn):绸子和缎子,泛指丝织品。

# 一幅壮锦

|图说中国民间故事|

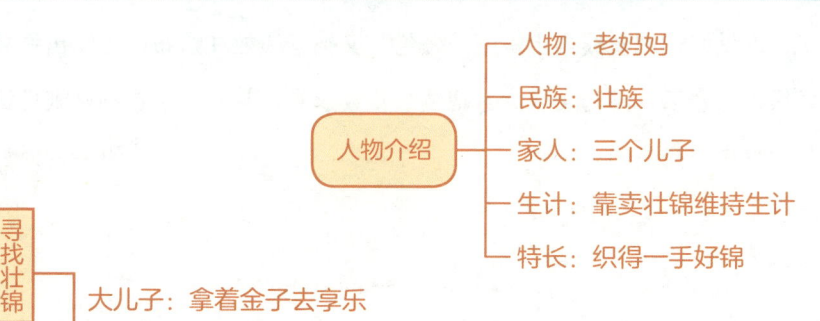

人物介绍
- 人物：老妈妈
- 民族：壮族
- 家人：三个儿子
- 生计：靠卖壮锦维持生计
- 特长：织得一手好锦

寻找壮锦
- 大儿子：拿着金子去享乐
- 二儿子：拿着金子去享乐
- 三儿子：战胜了困难，找到了壮锦，一家人过上了幸福的生活

**故事梗概**

老妈妈织成了美丽的壮锦，被太阳山的仙女拿去了，她让儿子去东方追回。大儿子和二儿子由于没有坚定的信念，拿着金子就走了。只有三儿子意志坚强，找回了壮锦，过上了幸福的生活。

# 一幅壮锦

从前，在大山脚下住着一位壮族老妈妈和她的三个儿子。老妈妈织得一手好壮锦，靠卖壮锦维持一家人的生活。

有一天，老妈妈在集市上看到一幅美丽的画，那画上有田园、房屋、花园、池塘和成群的鸡鸭牛羊。老妈妈满心喜欢，就买下了这幅画。她决心把画上那美丽的村庄织成一幅壮锦。

老妈妈不分日夜地织锦，松油灯把眼睛都熏坏了。眼泪淌到了锦上，老妈妈就在上面织了小河和池塘。鲜血滴在了锦上，老妈妈就在上面织了太阳①。

一连织了三年，美丽的壮锦终于织成了。老妈妈真高兴啊！忽然，一阵大风把壮锦卷上了天空，向东方飞去，一转眼就不见了。老妈妈着急地对大儿子说："快去东方寻找壮锦，那是我的命根啊！"

大儿子出发了，走到一个大山口，那里有一座石头房子，门口坐着一位老奶奶，旁边有一匹石马。老奶奶说："是东方太阳山的仙女把你妈妈的壮锦借去了。你要去找，先要打落自己两颗牙齿，放在石马嘴里，等石马吃到第十颗杨梅时，你就跨到它的背上，然后要经过烈焰熊熊的火山和漂浮着冰块的大海，才能到达太阳山。如果不能坚持，你就会丧命②。我劝你还是不要去了，给你一盒金子，回家去吧。"

大儿子害怕了，拿了金子，跑到大城市享乐去了。老妈妈不见大

① 突出壮锦的美丽，为下文仙女们借去壮锦做了铺垫。
② 写出了寻找壮锦并不是一件容易的事情，为下文两个儿子放弃寻找壮锦做了铺垫。

壮锦（zhuàng jǐn）：壮族妇女用手工编织的锦，经线一般用白色棉纱，纬线用彩色丝绒。花纹图案千姿百态，主要做中式上衣和各种装饰品。

儿子回来，便病倒了，她又让二儿子去寻找。二儿子也是个贪生怕死的人，他和大儿子一样拿了老奶奶的金子，也到大城市享乐去了。

老妈妈病得骨瘦如柴，眼睛也哭瞎了。于是，三儿子决心去把壮锦找回来。他来到大山口，见到了老奶奶。他照老奶奶的话打落了两颗牙齿，然后跨上石马，咬紧牙关，忍着疼痛，翻过了烈焰熊熊的火山，渡过了漂浮着冰块的大海，终于到达了大海对面的太阳山①。

三儿子看见仙女们正在织锦，妈妈的那幅壮锦就摆在中央。三儿子说明了来意，仙女们答应织完后马上还给他。三儿子拿到壮锦后，马上往回赶。他没有想到，一位红衣仙女因为喜欢壮锦中的美景，把自己的画像也织到了壮锦上。

三儿子回到家里，老妈妈已经奄奄一息了。他赶紧拿出壮锦，那耀眼的光彩把老妈妈的眼睛都照亮了。一阵香风吹来，老妈妈住的茅草屋不见了，只见眼前是漂亮的房子、美丽的田园，和壮锦上织的一模一样。花园里有个红衣姑娘正在看花，原来她就是那个红衣仙女。

三儿子和美丽的仙女结了婚，从此和老妈妈一起过着幸福的生活。大儿子和二儿子用完了老奶奶给的金子，变成了两个叫花子。他们没脸去见老妈妈和弟弟，只得到处去乞讨②。

① 以上两段主要写了老妈妈三个儿子寻找壮锦的表现，三儿子和大儿子、二儿子形成了鲜明的对比。
② 交代三个儿子后来的生活，告诉人们：要勇敢地面对困难，不要贪生怕死。

贪生怕死（tān shēng pà sǐ）：贪恋生存，畏惧死亡。指对敌作战畏缩不前。

一幅壮锦

　　孝顺父母是中华民族的传统美德。父母不仅赋予我们生命，还含辛茹苦地哺育我们成长，教我们做人，这种恩情我们要永远铭记在心。我们要学习故事中三儿子的孝顺与勇敢，继承中华民族的传统美德，孝顺父母，关心父母，为他们做一些力所能及的事，及时向他们表达我们的爱意与感激。

# 望娘滩

图说中国民间故事

**人物介绍**
- 人物名称：聂郎
- 谋生方式：打柴、割草
- 性格特点：孝顺，直爽，勤劳

**聂郎大战地主周洪**

起因：聂郎和母亲接济乡亲们

经过：聂郎获得一颗宝珠→地主周洪想占有→栽赃陷害聂郎→聂郎拒交宝珠→暴打聂郎→聂郎吞入肚中→口渴难耐→变成蛟龙→卷走了周洪一帮恶人

结果：母子人海两隔

## 故事梗概

一个叫聂郎的孩子在割青草时获得一颗宝珠，恶霸地主周洪知道后心生歹意，先行诱骗，继而采取诬陷偷盗和杀人夺珠的毒计。聂郎拒不交出宝珠，误吞腹内，因而渴极，扑河猛饮。周洪率家丁执刀追赶。怒火燃烧的聂郎，在电闪雷轰中变成蛟龙。卷起万丈波涛，也卷走了周洪一帮恶人。

# 望娘滩

许多年以前,川西平原闹旱灾。一轮火红的太阳照着大地,水田旱裂了口,堰塘见了底,树木、禾苗旱死了。

在靠近小河的村边上,住着一户姓聂的人家,一个四十多岁的母亲,带着一个名叫聂郎的十四五岁的儿子。因为大旱,庄稼颗粒无收,只能靠聂郎打柴、割草维生。

聂郎很直爽,能吃苦耐劳,肯帮助别人,又听母亲的话,和村子里的小伙伴也都很合得来。大家称赞聂郎是个好孩子①。

有一天,公鸡才叫头遍,聂郎就起床去赤龙岭割草。他昨天听小伙伴长生说,地主周洪家里买了一匹雪花马,每天都要买青草喂马。今天聂郎想多割些青草,把青草卖了之后去买粮食。赤龙岭山脚有条沟叫化龙沟,在以前有水的时候,鱼虾很多,沟边常常长满绿色的水草。现在却变成了乱石坝,一根草都没了。聂郎叹了一口气,正想到别的地方去,忽然看见一个白影子一闪,聂郎吃惊地发现是一只白兔。

聂郎想,兔子是吃青草的,跟着它说不定能找到最嫩的青草。白兔跑到卧龙谷的岩下,忽然不见了,但那儿果然有一片嫩嫩的青草。聂郎非常高兴,取出镰刀,割了满满一背篓。

接连两天,聂郎都到那儿去割青草。那草非常奇怪,头天割了,第二天又生长出来。聂郎心想:"我不如把草搬回家去,栽在屋后,也免得天天跑十来里路。"他急忙上前把草周围的泥巴刨松,连根拔起。聂郎正想站起身来,忽然看见草根底下有一汪水,水上露出一颗亮晶晶的珠子。聂郎非常喜欢,小心翼翼地把它揣在怀里,背起青草

① 聂郎是一个心地善良、有孝心、有人缘的好孩子。

回家去了①。

这时候,太阳已经落山,聂妈妈正在屋里煮苞谷稀饭。聂郎回来了,聂妈妈埋怨他说:"你怎么这么晚才回来?"聂郎就把刚才的事情讲了一遍,又从怀中摸出珠子。这时候忽然满屋通亮,珠子发出的光芒照得人眼睛都睁不开。聂妈妈见珠子不是俗物,赶忙叫儿子把珠子藏到米坛子里去。聂郎吃了晚饭,就把青草栽在屋后竹林边。

第二天,聂郎很早就爬起来,跑到竹林里一看,"啊!"栽的青草早干死了。他又赶忙进屋看珠子还在不在。他刚揭开坛子的盖,便大声喊道:"妈妈,你快来看啊!"原来坛子里装满了米,那珠子仍在米的上面。他们才知道这是一颗宝珠。从此以后,珠子放在米里米变多,放在钱上钱变多②。家中有了钱、米,再不愁吃不愁穿了。聂妈妈经常叫聂郎给邻居送米、送钱。聂郎家里本来很穷,现在却经常接济乡亲们,这件事很快便传开了。

消息传到恶霸地主周洪耳朵里。他一听说此事,便对管家说:"想个办法,把宝珠弄到手来才好。"管家说:"聂郎是个穷人,多拿点钱给他就行了。"聂郎是个聪明的孩子,当然不会上周洪的当。周洪就同管家想了一条毒计,说聂郎偷了周家的家传宝珠,派管家带了四个狗腿子到聂家去抢。如果聂郎不交出珠子,就捆送官府治罪③。这个计

① "小心翼翼"写出了聂郎对珠子的珍爱之情,这真是意外之喜呀!
② 珠子非同凡响,具有奇异的功能。
③ 周洪为了得到宝珠,设计了一条毒计,可见其内心之阴险、诡诈。

接济(jiē jì):在物质上援助。

## 望娘滩

策却被周洪的长工听到了,他马上去告诉了聂郎,要他赶快逃走。聂郎知道了这件事,正想和妈妈往外走,就碰到周洪的管家。那管家凶恶地挡住了他们的去路,大声喊道:"快快将我家员外的家传宝珠交出来,要不然你今天休想活命!"

聂郎听了又气又恨,指着管家说道:"你们依仗周洪有钱有势到处欺侮穷人,你说我偷盗宝珠有什么证据?"管家不理睬他,叫狗腿子进屋去搜,没有搜着什么宝珠。管家把眼皮一翻、眼睛一瞪,又叫狗腿子在聂郎的身上搜。聂郎急忙把珠子放进嘴里。狗腿子慌忙喊着:"糟了,糟了,聂郎把珠子吞下肚了。"

"给我打!"管家大叫道,"不把宝珠从他肚子里打出来都不要停。"聂郎被打得昏死过去,幸好左邻右舍出来几十个人把管家轰走了。他们把聂郎抬进屋里,给他医治创伤。聂妈妈坐在床边流着眼泪看着儿子。

半夜的时候,聂郎忽然醒来喊道:"我口渴!我要喝水!"聂妈妈见儿子能说话了,当然很高兴,赶快递了一碗水给他,那碗水一到他嘴边就被一口喝干了。聂郎还不断地嚷着要水喝,后来索性扒在水缸边"咕嘟、咕嘟"地把里面的水全喝干了,聂妈妈吓得浑身发抖。"儿子,你喝了这么多的水,怎么得了啊①!""妈呀!我心头像烈火在烧,难受得很!妈,我还要喝水。""水缸里的水都被你喝干了,哪

---

① 通过语言描写,表现出妈妈对儿子的担心与忐忑。

欺侮(qī wǔ):欺负。
左邻右舍(zuǒ lín yòu shè):泛指邻居。

里还有水！""我要下河喝水！"聂郎刚说完这句话，只见天空中一个金色的闪电，照得满屋透亮，接着响起一阵雷声。聂郎翻身下床向屋外走去，聂妈妈赶忙追上去，跟在他身后。只见聂郎像疯了似的，冲到河边，低头喝起水来。这时闪电一个接一个，雷声也轰轰地响，河里的水已被聂郎喝了一半。聂妈妈紧紧拉着聂郎的脚说："儿子，这怎么得了！"聂郎掉转头来就变了样子，只见他头上长了双角，嘴边长满了蓝须，颈上红鳞闪闪发光："妈妈快快放手，我要变成蛟龙，报这血海深仇①！"

雷声、闪电、暴风夹着大雨，河水陡涨，波浪翻滚②。这时候，周洪亲自带人沿河赶来，要剖开聂郎的肚子取宝珠。被迫吞了珠子的聂郎，心如火烧，已经变成一条赤色的蛟龙。聂妈妈还拉住他的脚板不放。聂郎听见人声嘈杂，料定是周家派人追来，就说道："妈妈放手，儿要报仇！"聂郎说完拼命一摆，向河中一滚，立刻涌起了万丈波涛。

"老婆子，你儿子哪里去了？"周洪抓着聂妈妈的肩膀大声吼道。聂妈妈说："好你个周贼，你把我儿子逼下了河，还不甘心吗③？"

周洪一脚把聂妈妈踢倒在地，追到河边，想去寻找聂郎。只见一

① 聂郎的身体开始有了变化，故事充满了神话色彩。
② "雷声、闪电、暴风、大雨"表现了当时天气的恶劣，衬托了聂郎的复仇心情。
③ 一个反问句，表现了聂妈妈内心的愤慨。

血海深仇（xuè hǎi shēn chóu）：指因亲人被杀害而引起的极深的仇恨。
蛟龙（jiāo lóng）：古代传说中指兴风作浪、能发洪水的龙。

## 望娘滩

道红色闪电,"咔嚓"一声响雷,像千军万马的波涛滚滚涌来,周洪和他的狗腿子全被卷了进去,淹死在了波浪中。风渐渐小了,雨也慢慢停了。天已经蒙蒙发亮,聂郎在水中仰起头来说道:"妈妈,我要走了!""儿啊!你什么时候才回来呀?"聂妈妈伤心地问。在那汹涌的波浪里,隐隐听到聂郎的回答:"人海两隔,要我回家,只有等到石头开花……"聂妈妈知道,她的儿子从此再也不会回来了。她悲伤地站在一块大石头上,高声喊着:"儿啊!儿啊!"聂郎在水里听见妈妈喊一声,就仰起头来望一次,那望娘的地方就变成了一个滩。聂妈妈连喊了二十四声,聂郎仰头望了他亲爱的妈妈二十四次[①]。于是,那地方就变成了二十四个滩。

后来,人们就把这个地方叫作"望娘滩"。

- ① 聂郎二十四次仰头望母亲,足见他对母亲的拳拳真情。
- 汹涌(xiōng yǒng):(水)猛烈地向上涌或向前翻滚。

## 图说中国民间故事

# 老鼠嫁女

鼠爸鼠妈的烦恼 —— 女儿到了结婚的年龄，不知道该把女儿嫁给谁

谁是世界上最伟大的
- 太阳：怕乌云
- 乌云：怕风
- 风：怕墙
- 墙：怕老鼠
- 结论：老鼠是世界上最强大的

女儿的归宿 —— 嫁给了老鼠

### 故事梗概

老鼠夫妇精心培养自己的女儿，想要把自己的女儿嫁给世界上最强大的人，于是他们开始寻找。他们找过太阳、乌云、风、墙……但是都没有成功，他们到底给女儿寻找了怎样的一个新郎呢？让我们一起走进故事看一看吧。

# 老鼠嫁女

从前，有一对老鼠夫妇，他们生了一个女儿。鼠爸爸为女儿请来了最好的老师，教她唱歌弹琴吟诗画画。女儿呢，十分乖巧，每天都认真地学习。不久，鼠姑娘就长得亭亭玉立，成了老鼠国人尽皆知的才女①。

转眼间，鼠姑娘到了结婚的年龄，周围的许多老鼠都请媒人上门提亲。鼠爸爸和鼠妈妈十分疼爱自己的女儿，他们怎么会让自己的女儿嫁给一只普通的老鼠呢？于是，所有上门求婚的老鼠都被一一拒绝了。

有一天，鼠妈妈正在院子里洗衣服，鼠爸爸坐在椅子上晒着太阳，他走过去对老婆说："亲爱的，你觉得谁最适合做我们女儿的新郎呢？" 鼠妈妈说："我认为啊，如果咱们的女儿嫁给了世界上最强大的人，那么她一定会过得非常幸福②。"

鼠爸爸深思了片刻，兴奋地说："啊，我知道了，太阳比世界上任何人都要强大，如果我们要……" 鼠爸爸抬头看看天空，太阳正冲着世间万物露出绅士般的微笑。

"太阳先生，我有个请求，您是世界上最强大的人，您愿意娶我可爱的女儿做您的新娘吗？" 太阳回答说："鼠先生，您这样说我十分感动。但不得不承认，有人比我更有能力。" 鼠妈妈连忙问："谁

---

① 老鼠夫妇精心培养的女儿不仅漂亮而且很有才华。
② 老鼠夫妇决定把女儿嫁给世界上最伟大的人，只有这样才会生活幸福。

亭亭玉立（tíng tíng yù lì）：形容美女身材修长或花木等形体挺拔。
人尽皆知（rén jìn jiē zhī）：一定范围内的人都知道了。也就是说大家都知道了。

比您更有能力呢？"太阳说："是乌云。"就在这时候，一片乌云飘过来，太阳连忙躲了起来。"看见了吗？当乌云飘过来时，我就黯然失色了①。我实在拿它没办法，你去找乌云吧，也许它愿意娶你的女儿。"

于是鼠爸爸对乌云说："乌云先生，您愿意娶我的女儿做您的新娘吗？因为您是世界上最强大的。"乌云连忙摇摇头说："其实并不是这样的。风比我强得多，它一出现，我就得躲得远远的。你还是去找它吧！"正说着，一阵风刮过来，把乌云吹得无影无踪了。鼠妈妈赶紧抱住树根，才没被吹走，她急切地向风呼叫："风先生，您真厉害！您是世界上最强大的，我愿把我人见人爱的女儿嫁给您。""不，我可不是什么世界上最强大的。牢固的墙壁比我还要强壮，无论我使出多大的劲，它们都纹丝不动。"说着，风呼啸着朝墙吹去，但墙呢，寸步不移②。

鼠爸爸对墙的敬佩之情油然而生，他走过去说道："尊敬的墙先生，您是世界上最强大的，请您做我女儿的新郎吧！"墙显然感到很开心，但是它还是说："不是这样的，老鼠比我更强大，我忍受不住它尖尖的牙齿。你还是去找它吧！"

① 乌云遮住了太阳，老鼠夫妇认为乌云最强大。
② 墙在强大的风面前，纹丝不动，显示出墙是最强大的，老鼠夫妇决定把女儿嫁给墙。

无影无踪（wú yǐng wú zōng）：没有一点影子和踪迹。形容完全消失，不知去向。

纹丝不动（wén sī bù dòng）：一点儿也不动。

### 老鼠嫁女

正说着,墙尖叫起来:"哎哟,好痛啊!"原来,一只老鼠正用它尖尖的牙齿啃着墙角。老鼠妈妈走过去,拍拍它的头,慈祥地说:"小伙子,看得出来,你很有劲啊!你愿意娶我可爱的女儿吗?" 老鼠听了高兴地说:"真的吗?我十分愿意!" 鼠爸爸便把老鼠带回了家。

在鞭炮声中,鼠姑娘穿着洁白的婚纱,显得格外美丽动人。就这样,她还是嫁给了强大的老鼠。后来他们一直生活得很幸福[①]。

[①] 最终,老鼠夫妇把女儿嫁给了同类——老鼠。

# 灶王爷

太有趣了，名著！ | 图说中国民间故事

- 祭灶
  - 时间：每年的腊月二十三
  - 习俗：家家供灶膛
  - 目的：希望灶王爷上天多说好话，保人间太平

- 灶王爷的故事
  - 故事发展：妻子再嫁，生活富足
  - 故事高潮：妻子接济落魄的前夫
  - 故事结局：前夫惭愧自杀，被封为灶王爷

## 故事梗概

古时候有一对夫妻，丈夫在一次打赌取乐中输了，恼羞成怒，便把自己的妻子赶出了家门。妻子在伤心欲绝时被一个善良的小伙子救回了家中，两人结为夫妻，勤劳耕作，几年后有良田百顷，他们经常周济贫穷的乡亲。一天，在救济中她发现了自己的前夫，前夫羞愧难当，一头撞死在了灶台上，玉帝就封他为灶王爷，而这一天又恰好是腊月二十三，所以民间在这一天供奉拜祭灶王爷，人们把这一习俗称作"祭灶"。

# 灶王爷

在我国传统节日中，腊月二十三被称为"小年"，传说这天管理人间事物的灶王爷要上天向玉皇大帝汇报工作。这天家家都会供灶膛，人们希望灶王爷能上天说几句好话，保人间平安。关于这个祭灶王的风俗，还有一段动人的故事呢。

以前，有一对家境富裕的夫妻，在一次打赌取乐时，丈夫输了，恼羞成怒，就把妻子赶出了家门①。妻子伤心欲绝，沿路走到了一个很远的地方，又累又饿昏倒在路边。她被一个善良的小伙子救回了家，后来两人结为了夫妻。

他们相亲相爱，共同劳动，几年的光景，就成了有良田百顷、肥羊千只的大户人家。他们好心地周济贫困的乡亲，受到了大家的尊敬②。

女子的前夫因为没人管束，迷上赌博，把家产挥霍一空。有一年，碰上闹饥荒，他就逃荒到了前妻居住的地方。前妻家每天都给饥民们施舍饭菜。

这一天，轮到他的时候，饭菜正好分光了。分饭的人见他可怜，就叫他到厨房去吃。前妻看见他，想起以前的夫妻之情，便把一只金戒指放在碗里，盛上饭给他吃。前夫咬到了戒指，认出了这家的女主人就是被自己赶走的妻子。他羞愧难当，一头撞死在灶台上，于是，玉帝就

---

① 介绍妻子离开丈夫的经过。表现了丈夫的无情。
② 妻子和她的现任丈夫结婚后，周济贫困的乡亲，体现了他们的善良。

伤心欲绝（shāng xīn yù jué）：指极度悲哀，万分伤心的样子。
挥霍（huī huò）：任意花钱。

封他当了灶王爷。因为这天正好是农历的腊月二十三,所以每年的这一天,百姓都会供奉拜祭灶王爷,民间把这一习俗称为"祭灶"①。

① 详细介绍了"祭灶"的由来。

# 腊八粥

- 腊八
  - 时间：每年的腊月初八
  - 习俗：用五谷杂粮熬一锅粥
  - 目的：提醒子孙后代牢记"儿子"被饿死的教训
- 腊八粥的故事
  - 起因：老两口勤劳能干，儿子好吃懒做
  - 发展：儿子不听劝说，败光了父母的家产
  - 高潮：腊八节这天儿子吃了杂粮饭，后悔了
  - 结果：儿子饿死了

## 故事梗概

在古代有一户人家，父母勤劳，儿子却好吃懒做，父母去世后，他便整日吃了睡，睡了吃，不久家里都揭不开锅了。在断粮后的第三天，他打扫了一下粮仓，扫出一捧五谷杂粮，熬了一锅粥，吃饱后，他仍继续睡大觉，不久他便饿死了。他熬粥的那一天正好是腊八。后来，人们为了提醒子孙后代牢记"儿子"被饿死的教训，每年这一天都熬一锅杂粮粥，这粥就叫"腊八粥"。

在古代，有一户人家，家里只有三口人：父亲、母亲和儿子。

父亲和母亲很勤快，每天天不亮就起床干活，天黑透了才回家①。父亲和母亲这样劳作了好多年，家里渐渐富裕起来，鸡鸭满圈，牛羊成群，粮食堆满了仓库。这家的儿子是个很贪玩、懒惰的孩子，从小就不爱学习，在私塾里读书时就经常逃学，后来索性不去读书了。儿子长大成人后，父亲让他去学种地，他嫌种地太累太脏，不肯去；母亲让他去做买卖，他嫌做买卖太麻烦太费心，干不了。

父亲因积劳成疾，累病了，不得已，他就劝儿子干点什么养活自己。儿子说："家里那么多牛羊，怎么会饿着我呢？"父亲看儿子游手好闲，只把自己的话当耳边风，焦虑之下病情加重了，不久便死去了②。母亲因丈夫去世，不久也病倒了，想到死去的丈夫，再看看眼前不争气的儿子，她没多长时间也死了。

对父母双亲的离世，儿子不但不伤心，反而很高兴，因为从此以后再也没人唠叨管束他了。他今天宰只羊，明天杀只鸡，吃饱了睡，睡够了吃，比父母在世的时候还要享受。就这样坐吃山空，没多久，家里就揭不开锅了③。断粮的第三天，他打扫了一下粮仓，扫出了最后一捧粮食，放进锅里熬了一锅粥。粥的味道不错，他吃饱后又去睡大觉了。过了不久，他再也找不到可吃的东西了，于是饿死了。

① 写出了父亲和母亲非常勤劳。
② 交代了父亲去世的原因。
③ 儿子好吃懒做，父母的家产被他败光了。

积劳成疾（jī láo chéng jí）：因长期劳累而得病。
游手好闲（yóu shǒu hào xián）：游荡成性，不好劳动。

### 腊八粥

　　儿子熬粥的那天是腊月初八,人们为了提醒子孙后代牢记他被饿死的教训,以后每年都在这一天用五谷杂粮熬一锅粥,这粥就叫作"腊八粥"[①]。

---

[①] 交代了"腊八粥"的来历。

# 端午节的来历

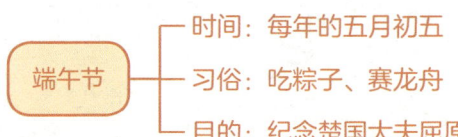

- 端午节
  - 时间：每年的五月初五
  - 习俗：吃粽子、赛龙舟
  - 目的：纪念楚国大夫屈原

- 端午节的来历
  - 故事的起因：屈原投江后人们给他的祭品总让鱼虾吃掉
  - 故事的经过：屈原托梦，人们每年往河里投放粽子
  - 故事结果：水族不再偷吃

## 故事梗概

相传楚国人每年五月初五都会乘着船，把饭用箬叶包成粽子，投放到江里来纪念他们的三闾大夫——屈原。这就是端午节吃粽子、赛龙舟的来历。

## 端午节的来历

屈原投江以后，楚国人为了纪念他，每逢五月初五端午节，就驾着船，把饭投到汨（mì）罗江里祭祀屈原①。

这样过了一年，一天晚上，楚国人梦到屈原来了。他头上戴着高高的切云冠，腰里挂着长长的陆离宝剑，身上佩戴着珍珠和美玉。大家高兴地向他行礼，屈原笑着答谢。大家见屈原很消瘦，就关切地问他："三闾（lǘ）大夫，我们给您的米饭，您都吃了没有？"

屈原叹着气回答："你们送给我的米饭，都让水里的那些鱼虾龟蚌吃了。"

大家听了都很生气，说："不能让它们吃啊！"

屈原苦笑了一下说："我总不能和鱼虾争食吧。"

大家就问："怎么才能不让水族吃掉呢？"屈原说："如果你们用箬（ruò）叶包饭，做成粽子，水族以为是菱角，它们就不去吃了②。"

第二年端午节，人们照这个办法做了，可屈原又来托梦，说："谢谢你们送我粽子，可不少又被水族所吃。"大家问他还有什么办法。他说："有，你们送粽子时可将船扮为龙，水族便不敢接近，粽子便可保存下来。"

---

① 交代每年的五月初五，楚国人纪念屈原。
② 想象的描写，通过梦境中的对话，表现人们对屈原的想念，同时从侧面写出了屈原在当地人们心目中的地位。

菱角（líng jiao）：菱的通称。一年生草本植物，生在池沼中，根生在泥里，浮在水面的叶子略呈三角形，花白色。果实的硬壳大都有角，绿色或褐色，果肉可以吃。

以后人们年年就照着这样去做。所以留下了端午节吃粽子、赛龙舟的风俗①。

① 介绍了端午节吃粽子、赛龙舟的来历。

# 重阳节登高

- 人物介绍
  - 人物：桓景
  - 身份：农民
  - 生活状况：贫穷
  - 遭遇：瘟疫，父母病死

- 桓景除魔
  - 故事背景：瘟疫盛行
  - 故事发展：桓景学艺
  - 故事高潮：学成斗瘟疫
  - 故事结局：桓景剑刺瘟魔

**故事梗概**

据说，在古代每年都有瘟魔出现，它到哪里，就会把瘟疫带到哪里。桓景的父母在一场瘟疫中去世了。他很伤心，决定向一个叫费长房的大仙拜师学艺，为民除害。在一年的九月初九，汝河瘟魔出没，桓景领着家人和众乡亲登上了邻近的山，他用降妖青龙剑穿心透腹刺死了瘟魔，以后人们再也没有受到瘟魔的侵害。

很早以前，汝南县里有一个人叫桓景，桓景一家人守着几亩薄地，勤劳耕作①。日子虽不算好，但半菜半粮也能过得去。谁知不幸的事儿来了。汝河两岸闹起了瘟疫，家家户户都病倒了。轻的不能起床，重的丢了性命。尸体遍地，没人掩埋。这一年，桓景的父母也都病死了。

桓景小时候听大人们说，汝河里住着一个瘟魔，每年都要出来到人间走走，它走到哪里就把瘟疫带到哪里。桓景病好后，决心访师求友学本领，战瘟魔，为民除害。听说东南山中住着一个名叫费长房的大仙，他就收拾行装，起程进山拜访②。

桓景进了山，千峰万峦，不知仙人住在哪里。但他不怕苦、不怕累，翻了一座又一座山，过了一条又一条河。那天他正往前走，忽然看见面前站着一只雪白的鸽子，那鸽子不住地向桓景点头。桓景不知何意，便也向鸽子致意。那鸽子忽然飞起，飞了两三丈远落下，还是不停地向桓景点头。桓景走近时，那鸽子又飞。他随即明白了，便随着鸽子向前走，又翻了几座山，到了一处地方：苍松翠柏中间，有一座古庙，庙门横匾上写着"费长房仙居"五个金字。那鸽子丢下桓景，在庙院上空欢叫盘旋。

桓景来到门前，黑漆门紧闭。他诚恳地跪在门外，一点也不敢动。他跪呀跪呀，一直跪了两天两夜③。

第三天，大门忽然开了，只见一位白发老人笑眯眯地说："弟子

---

① 桓景家境困难，但非常勤劳。
② 描写桓景决定拜师学艺，为民除害。
③ "两天两夜"表明了桓景一直跪在外面，可见其诚心。

拜访（bài fǎng）：敬辞，访问。
致意（zhì yì）：表示问候之意。
盘旋（pán xuán）：环绕着飞或走。

## 重阳节登高

为民除害心切，快跟我进院吧。"桓景知道这是费长房大仙，又拜了几拜，就跟着师父进去了。

费长房给桓景一把降妖青龙剑。桓景早起晚睡，披星戴月，不分昼夜地练开了。那天桓景正在练剑，费长房走到他跟前说："今年九月九，汝河瘟魔又要出来，你赶紧回乡为民除害。我给你茱萸叶子一包，菊花酒一瓶，让你的家乡父老登高避祸。"仙翁说罢，用手一指，古柏上的仙鹤展翅飞来，落在桓景面前。桓景跨上仙鹤向汝南飞去[①]。

桓景回到家乡，召集乡亲，把大仙的话给大伙儿说了。九月九那天，他领着妻子儿女、父老乡亲登上了附近的一座山。桓景把茱萸叶子分给每人一片，说这样随身带上，瘟魔不敢近身；又把菊花酒倒出来，让每人都喝一口，说喝了菊花酒，不染瘟疫之疾。他把乡亲们安排好，就带着他的降妖青龙剑回到家里，独坐屋内，只等瘟魔来时交战降妖。

不大一会儿，汝河怒吼，怪风旋起。瘟魔出水走上岸来，穿过村庄，走千家串万户也不见一个人，忽然抬头见人们都在高高的山上欢聚。它来到山下，只觉得酒气刺鼻，茱萸香味辛烈，不敢近前登山，便又回身向村里走去。来到村中，那瘟魔便见一人正在屋中端坐，就吼叫一声向前扑去。桓景一见瘟魔扑来，急忙舞剑迎战。斗了几个回合，瘟魔斗不过他，拔腿就跑。桓景"嗖"的一声把降妖青龙剑抛出，只见宝剑闪着寒光向瘟魔追去，穿心透腹把瘟魔扎倒在地[②]。

从此以后，汝河两岸的百姓，再也不受瘟魔的侵害了。人们把九月九登高避祸，桓景剑刺瘟魔的事，父传子，子传孙，一直传到现在。

① 描写了桓景学艺和艺成回乡，打算为民除害。
② 通过动作描写，生动形象地写出了桓景的武艺高强。

# 黄鹤楼的传说

**图说中国民间故事**

太有趣了，名著！

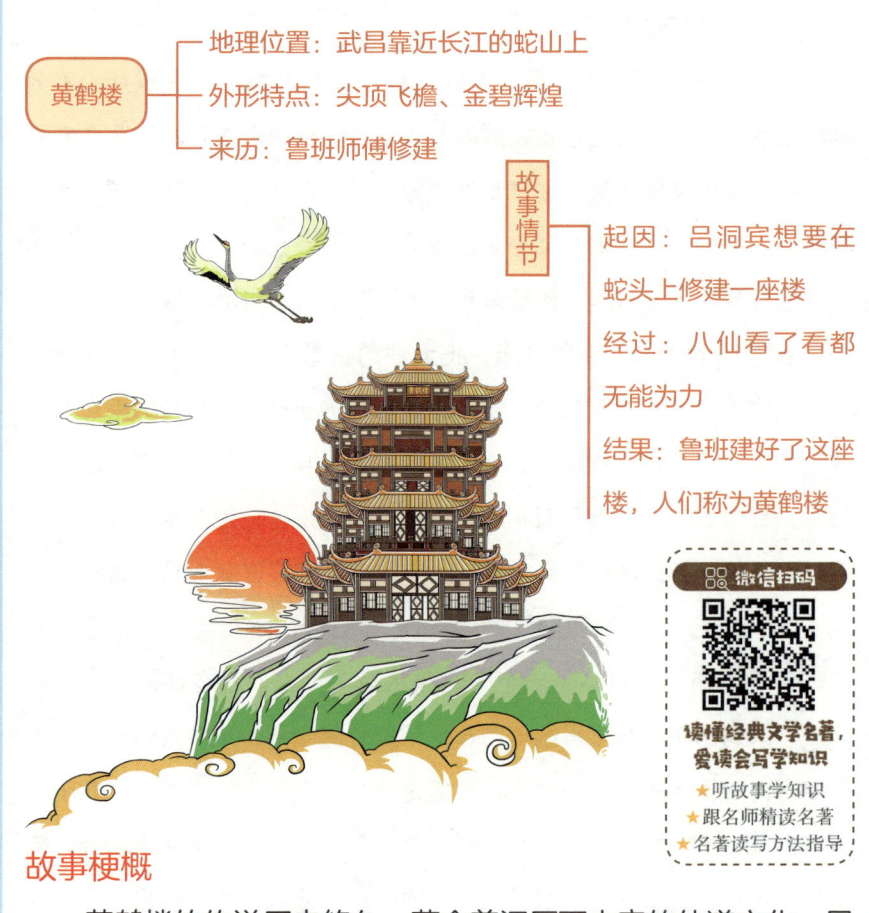

- 黄鹤楼
  - 地理位置：武昌靠近长江的蛇山上
  - 外形特点：尖顶飞檐、金碧辉煌
  - 来历：鲁班师傅修建

- 故事情节
  - 起因：吕洞宾想要在蛇头上修建一座楼
  - 经过：八仙看了看都无能为力
  - 结果：鲁班建好了这座楼，人们称为黄鹤楼

**故事梗概**

　　黄鹤楼的传说历史悠久，蕴含着深厚而丰富的仙道文化、民间智慧、文人流韵等传统文化内涵。相传八仙之一的吕洞宾想在蛇山上修建一座高楼，请来其他神仙帮忙，但八仙都无能为力。后来在鲁班的帮助下终于建成高楼。鲁班建好高楼后，便转身离去，只留下一只木鹤，后来吕洞宾便驾鹤仙游去了。这便是"黄鹤楼"的来历。

### 黄鹤楼的传说

武昌靠近长江有一座蛇山,山上有一栋尖顶飞檐、金碧辉煌的黄鹤楼。要问这黄鹤楼的来历,那还得从吕洞宾跨鹤飞天说起哩①!

相传,吕洞宾游玩了四川的峨眉山后,一时心血来潮,打算去东海寻仙访友。他身背宝剑,沿着长江顺流而下。这一天,来到了武昌城。这里的秀丽景色把他迷住了,他兴冲冲地登上了蛇山,站在山顶上举目一望,只见对岸的那座山好像是一只伏着的大龟,正伸着头吸吮江水;自己脚下的这座山,却像一条长蛇昂首注视着大龟的动静②。吕洞宾心想:要是在这蛇头上再修建一座高楼,站在上面观看四周远近的美景不是更妙吗!可这山又高,坡又陡,谁能在这上面建楼呢?有了,还是请几位仙友来商量商量吧。

他把宝剑往天空划了一个圈,何仙姑就驾着一朵彩云来了。他连忙把自己的想法向她说了,何仙姑一听就笑了:"你让我用针描个龙绣个凤还差不多,要说建楼,你还是请别人吧!"吕洞宾又请来了铁拐李,铁拐李一听哈哈大笑:"你要是头发昏,我这里有灵丹妙药,要建楼,你另请高明吧!"吕洞宾又请来了张果老,张果老摇着头说:"我只会倒骑着毛驴看唱本。"说罢,也走了。吕洞宾想,这下完了,连八仙都

---

① 交代黄鹤楼的位置,引出有关它的传说。
② 运用比喻的修辞手法,生动形象地写出了山顶的壮观、秀丽。

金碧辉煌(jīn bì huī huáng):形容建筑物等异常华丽,光彩夺目。
灵丹妙药(líng dān miào yào):灵验有效、能治百病的奇药,比喻能解决一切问题的办法。

不行,哪里还有能工巧匠呢①?

正在这时,忽然听到从空中传来一阵奇怪的鸟叫声,他连忙抬头一看,只见鲁班师傅正骑着一只木鸢朝着他呵呵地笑呢。吕洞宾急忙迎上去,把自己的想法又说了一遍。鲁班师傅走下木鸢,看了看山的高度,又打量了一番地势,随手从山坡上捡来几根树枝,在地上架了拆,拆了架,想了一会儿说:"咱们明天早上再商议吧。"

第二天早上,鸡刚叫头遍,吕洞宾就急急忙忙地爬上蛇山,只见一座飞檐雕栋的高楼已经立在山顶上了②。他登上最高的一层,大声呼喊着鲁班的名字,可连鲁班的影子都没有看到,只看见鲁班留下的一只木鹤。这木鹤身上披着黄色的羽毛,正用一对又大又黑的眼睛望着他。吕洞宾非常高兴,一会儿摸摸楼上的栏杆,一会儿看看楼下的江水,又取出一只洞箫对着波浪滚滚的江水吹起了曲子。他一边吹箫,一边又看看木鹤,这只木鹤竟随着音乐翩翩起舞呢!他骑到了木鹤身上,木鹤立时腾空,冲出了楼宇,绕着这座高楼飞了三圈,一声鹤唳,钻进白云里去了。后来,人们就给这座楼起了个名字,叫黄鹤楼。

① 用八仙的无能为力来衬托鲁班的技艺高超。
② "已经"一词从侧面衬托了鲁班技艺高超。

## 墨斗的发明

墨斗是鲁班的重要发明之一,它是工匠的重要工具(用于画长直线),这项发明可能是受其母亲的启发。当时其母正在剪裁和缝制衣服,鲁班注视着这一切,见她是用一个小粉末袋和一根线先打印出所要裁制的形状。鲁班从这种方法中得到启发:用墨汁浸湿一根线,捏住其两端放到即将制作的材料之上印出所需的线条。最初需由鲁班和他母亲握住线的两端。后来他的母亲建议他做一个小钩系在此线的一端,这样就把她从这种杂活中解脱出来,使之可由一个人来进行。为了纪念鲁班的母亲,工匠们至今仍称这种墨斗为班母。

# 趵突泉的故事

**图说中国民间故事**

太有趣了，名著！

**人物介绍**
- 人物：鲍全
- 来自：济南
- 身份：樵夫
- 生活状况：贫穷
- 事迹：学医救人

**相关事件**
- 故事起因：鲍全学医救百姓
- 故事发展：鲍全救龙王，龙王赠神壶
- 故事经过：州官和官差抢夺神壶
- 故事结果：州官和官差被淹死

读懂经典文学名著，爱读会写学知识
★ 听故事学知识
★ 跟名师精读名著
★ 名著读写方法指导

## 故事梗概

一心为人民排忧解难的人，人民就会敬仰他，纪念他。鲍全为了帮助人民消除瘟疫，得到了龙王的帮助；邪恶的州官为了得到神壶，却被淹死。

## 趵突泉的故事

济南被称为"泉城",是因为城里面大大小小的泉眼而得名。

传说在很久以前,济南城里有个名叫鲍全的青年樵夫,虽然天天手不离斧地砍柴,但仍养活不了年迈的父母。父母突然得了重病,没钱请医生,鲍全只好眼看着父母相继去世。从此他下决心学医,救治病人,对于穷苦的老百姓,他分文不收。几年内他救活了许多老百姓[①]。

这一年,济南爆发了瘟疫,又遇上大旱。连煎药的水也没有,鲍全每天还要早起去挑水,为那些穷人煎药,忙得不可开交。

一天,鲍全在挑水的路上救了一位老者,并拜这位老者为干爹。干爹看鲍全一天到晚为穷人治病,忙得连饭也没空吃,就说:"泰山上有个黑龙潭,潭里的水,专治瘟疫,你挑一担潭水回来,只要往每一个病人的鼻子里滴一滴,就能消除瘟疫。"

鲍全拿着干爹给的拐杖,历尽艰辛,来到泰山黑龙潭,没想到却发现这里原来是龙宫,拐杖是小龙变的,干爹竟是龙王的哥哥。龙王送给他一件宝物——白玉壶,里面的水永远也喝不完[②]。

鲍全回到济南后,拿出了白玉壶,用壶里的水治愈了很多病人。州官听说后派人来抢夺。鲍全知道了消息后,把壶埋在了院子里。官差在院中挖到了白玉壶,却怎么也搬不动。他们一起用力,只听"咕咚"一声,突然从地下"呼"地蹿出一股大水流,州官和官差被水冲起来又落到地上,淹死在了水里。溅起的水花洒满全城,水珠落在哪里,哪里便

---

[①] 因为父母的病逝,鲍全决心学医,免费给穷苦的老百姓治病。
[②] 鲍全来到黑龙潭,获得了龙王的一件宝物——白玉壶,里面的水永远喝不完。写出了白玉壶的神奇之处。

出现一眼泉水。从此济南变成了有名的泉城。

人们为了纪念鲍全，就把这眼最大的泉叫宝泉。人们根据泉水咕嘟咕嘟向外冒的样子，又把它叫成"趵突泉"了①。

① 交代"趵突泉"的来历。

# 镜泊湖的故事

镜泊湖 成因：天河暴涨 → 汇成了美丽湖泊 → 宝镜掉入湖中

故事情节
故事起因：众仙女洗澡，水位上涨
故事经过：遗失宝镜，王母寻找
故事结果：王母发现"镜泊湖"美景

**故事梗概**

　　你们知道镜泊湖的来历吗？相传天河暴涨，在牡丹江上游汇成了一个亮晶晶的美丽湖泊，因湖泊里有天上的宝镜，湖面就变得像明镜一样闪亮，湖边苍山碧水，树海林涛，仿佛人间仙境。

在很久很久以前，有一年的三月初三，王母娘娘开蟠桃会，各路神仙都来赴会，一连热闹了三十三天。王母娘娘和仙女们个个涂脂抹粉，一会儿洗澡净身，一会儿濯（zhuó）发洗脸。这样一来倒在天河里的胭脂水也就越来越多①。

结果天河暴涨，一股脑儿往下界泻来，在牡丹江上游的万山丛中，汇成了一个亮晶晶的美丽湖泊。可不知哪位神仙洗脸的时候，不小心把架在檀木框上的一面宝镜碰落，正好镜面朝上，随着胭脂水掉到了这个湖中。自从湖里有了那面宝镜以后，湖面就变得像明镜一样闪光发亮，任凭多大的风，都掀不起一点儿浪。由于水中有胭脂，又清又香，引来了无数的蜻蜓、蝴蝶和蜜蜂，遮满了湖面。

直到有一天，镜子的主人王母娘娘发现宝镜失落后，很是生气，就派雷公电母，打着霹雳闪电，在地上四处寻找。一声声的霹雳惊天动地，一道道的闪电照亮了天空。最后，王母娘娘发现心爱的宝镜就平放在茫茫的大湖里②。

王母娘娘飘然来到湖边，望着苍山碧水，树海林涛，觉得这里的一草一木，如人间仙境，就高兴地把宝镜留在了那里。从此以后，每年的六月十五日，趁着月色，王母娘娘和众仙女就来湖中洗澡。这个湖因为

① 描写天河里胭脂越来越多的原因。
② 王母娘娘派人寻找宝镜的下落。

涂脂抹粉（tú zhī mǒ fěn）：涂胭脂，抹香粉修饰容貌。
惊天动地（jīng tiān dòng dì）：形容声音特别响亮。

## 镜泊湖的故事

有宝镜的缘故,也就被叫作"镜泊湖"了[1]。

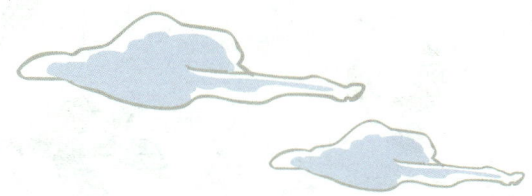

- [1] 交代"镜泊湖"的来历。
- 缘故(yuán gù):原因。

名著伴你成长系列丛书

# 阅读专练手册

太有趣了，名著！

## 图说
## 中国民间故事

导读梳理　阅读方法巧掌握
随读随练　学习习惯勤培养

# 一、名著导读

## 1. 阅读目标

（1）帮助产生阅读本书的兴趣，以自主阅读这本民间故事。

（2）通过故事情节丰富孩子的想象力和创造力，启迪智慧。

（3）了解民间故事的特点，学习提高阅读速度的方法。

## 2. 阅读指导

| 阅读要素 | 篇目 | 阅读方法 |
| --- | --- | --- |
| 1.读懂故事情节，了解人物性格，明白故事阐述的道理。<br>2.提高阅读兴趣，掌握阅读整本书的方法。 | 第一组 | 说说人物的性格特点，想象故事结局。 |
| | 第二组 | 感受人物的特点，搜集相关的人物故事，学习人物品质。 |
| | 第三组 | 抓住关键词，提高阅读速度，理清故事内容，明白其中的道理。 |
| | 第四组 | 体会不同地方的风物人情小故事，试着通过请教老人，了解当地的民间小故事，并进行整理。 |

## 二、快乐阅读

### 1. 阅读任务卡

| 篇目及数量 | | 时间 | 日期 |
|---|---|---|---|
| 第一组 | 《孟姜女哭长城》等10篇 | 3天 | __月__日至__月__日 |
| 第二组 | 《三个和尚》等11篇 | 4天 | __月__日至__月__日 |
| 第三组 | 《孔融让梨》等10篇 | 3天 | __月__日至__月__日 |
| 第四组 | 《阿巧养蚕》等11篇 | 4天 | __月__日至__月__日 |

### 2. 我的阅读单

| 故事篇目 | 故事中主人公的性格特点 | 告诉我们的道理 |
|---|---|---|
| 《        》 | | |
| 《        》 | | |
| 《        》 | | |

# 三、阅读成果展

1. 我喜欢的词句

## 2. 我明白的道理

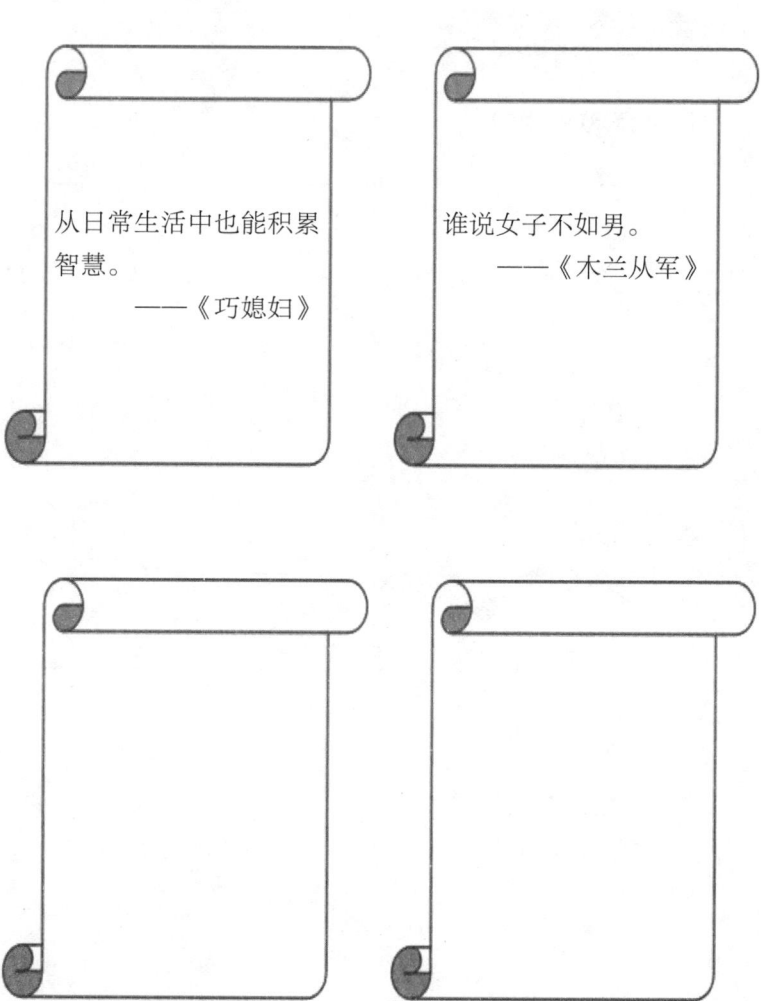

从日常生活中也能积累智慧。
——《巧媳妇》

谁说女子不如男。
——《木兰从军》

### 3. 交流分享

笑笑：我读过《孟姜女哭长城》的故事。故事讲述了秦始皇时期，孟姜女和丈夫范喜良感情真挚，新婚当天范喜良被抓去砌长城，孟姜女见丈夫三个月未归，决定去寻找丈夫。跋山涉水到达长城，却听说范喜良已死，孟姜女痛哭，哭倒了一段长城。秦始皇在调查时被孟姜女的美貌迷住，想娶她，孟姜女向秦始皇提出了条件，最后一头撞向了长城。这个传说是对封建统治阶级暴虐行为的控诉，也是对被压迫者不畏强暴、坚贞不屈精神的歌颂。

包包：我喜欢《八仙过海》的故事。故事主要讲述了八仙在乘船到蓬莱岛观赏风景的途中，借助宝物各显本领。这个故事启发了我要努力学好真本领，充分发挥自己的强项，才能把事情做得更完美。

我：_____
_____
_____
_____
_____

## 四、名著微测

1. 完成下列人物档案标签

阿凡提 { 聪明、机智、足智多谋

　　　　{ 　　　　　　　　　　

长发妹 { 善良、勇敢、孝顺

　　　　{ 　　　　　　　　　　

2. 精彩片段阅读练习

### 端午节的来历

屈原投江以后,楚国人民为了纪念他,每逢五月初五端午节,就驾着船,把饭投到汨罗江里祭祀屈原。

这样过了一年,一天晚上,楚国人梦到屈原来了。他头上戴着高高的切云冠,腰旁挂着长长的陆离宝剑,身上佩戴着珍珠和美玉,大家高兴地向他行礼,屈原笑着答谢。大家见屈原很消瘦,就关切地问他"三闾大夫,我们给您的米饭,您都吃了没有?"

屈原叹着气回答:"你们送给我的米饭,都让水里的那些鱼虾龟蚌吃了。"

大家听了都很生气，说："不能让它们吃啊！"

屈原苦笑了一下说："我总不能和鱼虾争食吧。"

大家就问："怎么才能不让水族吃掉呢？"屈原说："如果你们用箬叶包饭，做成粽子，水族以为是菱角，它们就不去吃了。"

第二年端午节，人们照这个办法做了，可屈原又来托梦，说："谢谢你们送我粽子，可有不少又被水族所吃。"大家问他还有什么办法。他说："有，你们送粽子时可将船扮为龙，水族便不敢接近，粽子便可保存下来。"

以后人们年年就照着这样去做，所以留下了端午节吃粽子，赛龙舟的风俗。

【整体感知】

（1）为了不让鱼虾吃掉粽子，屈原和大家都想了什么办法？（　　）（多选题）

A、将饭盛在竹筒里　　B、用箬叶包成粽子

C、把粽子包进菱角　　D、把船打扮成龙的样子

【提取信息】

（2）为什么要把送粽子的船扮为龙？将你的猜测写在横线上。

【解读信息】

（3）端午节人们为什么要包粽子投入汨罗江给屈原？你从中感受到什么？

_____

_____

【评价鉴赏】

（4）解读"他头上戴着高高的切云冠，腰旁挂着长长的陆离宝剑，身上佩戴着珍珠和美玉"，为什么作者要将屈原刻画得如此细致？

_____

_____

【创意运用】

（5）端午节有吃粽子和划龙船的风俗，你还知道哪些传统节日的风俗传说？试着简单介绍。

_____

_____

_____

# 参考答案

**精彩片段阅读练习**

（1）BD

（2）鱼虾属龙王所管,龙王不开口,它们是一颗米也不敢吃的。

（3）因为屈原生前忧国忧民,投江以后,楚国人民都非常怀念他,所以以这种方式悼念他。感受到人们对屈原的尊敬和喜爱。

（4）一能增强真实感；二能体现屈原在人们心目中刚正、亲切的形象。

（5）如：传说,很久以前有一种叫"年"的兽,非常凶猛,并且每到除夕这一天就会出来危害百姓。人们发现后,就在家门口燃烧竹节（或者用红色的物品贴在房外）,年兽就会被吓跑。从此以后,每年春节家家都会贴红对联、燃放爆竹。

诚意馈赠

广东经济出版社
天猫旗舰店

广东经济出版社
京东旗舰店